U0549747

BL古典セレクション3 怪談 奇談

BL怪談・奇談

王谷晶―著
小泉八雲―原作
黃鴻硯―譯

目次

雪與巳之吉

雪女

那天早上，巳之吉也和茂作一同入山。

巳之吉年方十八，是住武藏國的樵夫，除了除夕和大年初一全年無休，過著不斷伐木、運木的生活。他侍奉的主人茂作是名嚴格又沉默的男性，但作為樵夫，他的本事無可挑剔，巳之吉很仰慕他，喚他為叔父。

不過這幾年，茂作一下子蒼老了不少。相對地，巳之吉不斷長高，去年夏天總算追過了茂作。他的相貌還保有一丁點稚氣，不過身體因持續從事嚴苛的山間勞動，變得如橡木般結實，皮膚在冬天也曬得黝黑，氣色很好。他的眼神如老鷹般率直、靈動，即使過著貧窮的生活，精神依舊煥發。當年被家裡送出去工作時，他還是個瘦小的孩童，連鐮刀都拿不好，如今已成了健壯的美青年。不過巳之吉對外表毫不在意，甚至不曾去看自己的水中倒影。

冬天近了。樵夫的工作更加忙碌了。一旦下雪，收集柴薪和伐木的進度會頓時變得很緩慢。得趕在那之前盡可能收集柴薪賣錢才行。

兩人在日出前離家，沿著河岸走到擺渡人小屋去。鄉里與山區之間有一條大河，他們每天都在那搭小船往返兩地。烏黑寬闊的河流湍急，水又深，無法搭橋，有人說它就像三途川一樣，將鄉里和山區切分成彼岸和此岸。因此巳之吉有個原則：每天早上渡河時絕對不會回頭去看鄉里，從山區返回時也絕對不會轉頭看山。

兩人在路上並不會交談。巳之吉比茂作還要寡言。來買柴薪的年長婦女偶爾會下流地調戲他，但他也不會生氣、閃躲，只是默默低著頭。他對男女情事一概不知，無比純情，只會回以一張通紅的臉。

那日天候嚴寒。兩人下船，冷風沿著光禿山地吹來，像刀刃般咻地劃過他們喉間。

「天色不妙。」

茂作仰望天空，喃喃自語。今天雖然晴朗，但日頭像披著紗般泛白。確實是不太好的天色。這樣的氣候容易突然惡化。

不久後，茂作的預感成真。天色變暗前，厚重的灰雲便布滿天空，開始下霙，不久後轉變為大風雪。

茂作還想繼續撿柴薪，巳之吉催他罷手。兩人急忙回到河邊小屋，不過船夫無情，已經丟下他們回到了對岸。這一帶看來只有小屋可以避風了。兩人進入狹窄簡陋的小屋，緊裹蓑衣，湊近彼此取暖。

近在咫尺的河流發出可怕的轟鳴。

小屋內連個火盆都沒有，無法燒柴，昏暗無光，兩人只能縮成一團，設法熬過這彷彿滲入骨髓的寒冷。他們靜靜待著待著，不知不覺就打起盹了。

他突然驚醒。

好痛。疼痛傳遍手腳關節。

巳之吉打了個冷顫，睜開眼。因為他曾聽說，人在冷死時身體關節會極為疼痛。

四周一片黑暗。門明明關著，卻不知為何狂風大作，凍得他幾乎要昏厥過去。叔父！他拚命呼喚茂作，不過嗓音消散於風聲之中。這時候，更為響亮的砰隆聲傳來。天花板被吹走了，雪光照亮小屋內部。

「咿！」

巳之吉的眼眸映出意料外的事物。

無比漆黑的水波蕩漾於小屋中，裡頭浮現一張白得駭人的臉孔。

他一時間忘了寒冷，出神地盯著那張臉。

那是他至今未曾目睹的、俊美過頭的男性面孔。而在小屋內蕩漾的水波，是那男人的頭髮，很長很長很長的黑髮。

男人彷彿塗了墨的細長眼眸緩慢眨動。他的細長手指揪住茂作下巴，拉近他的嘴唇，在呼出閃亮白煙的同時深深吻了茂作。茂作毫不抵抗。

白色臉孔，倏地轉向巳之吉。

這名身穿純白和服、衣袖不停飄舞的男人湊了過來。巳之吉連眨眼都無法。那燦亮的冷酷眼神近在身側。

好美。

美到巳之吉的心臟彷彿快停了。

他有生以來第一次品嘗這種感受：因美而陷入恐懼。害怕到極點，卻無法別開視線。

就在結冰花瓣似的蒼白嘴唇即將疊上巳之吉嘴唇之際，男人突然抽身止住，並微笑。

「嗯……算了算了……我改變心意了。你還是個小伙子，仔細看還滿俊秀的……放你一馬也無妨。不過有個條件——不許把今晚發生的事說出去，不准說你在這見到了我、碰上什麼事，你要是有膽走漏一點風聲出去，我會當場咒殺你。不可以告訴任何人……告訴自己母親也不行。聽清楚了吧？……約好囉……」

巳之吉感覺到對方指尖似乎點了自己嘴唇一下，須臾間，男人便轉身走出小屋，捲起煙塵般的細雪。

等等！巳之吉想喊叫卻不成聲。他拚命拖著打結的身體，想追逐男人的背影。不過刮著風雪的山麓已不見男人蹤跡。

他回過神來，衝向小屋地板上倒臥如圓木的茂作身邊，手搭上他的肩膀，想扶之起身。結果茂作一動也不動。眉毛、鬍子等處結滿了白霜，膚色無比暗沉，碰了臉頰才發現，他已凍得跟石頭一樣硬邦邦了。巳之吉這次總算發出了慘叫，就這麼昏厥過去。

醒來之後，巳之吉得知自己睡了整整三天三夜。船夫後來發現了埋在雪中的兩人。還有，茂作果然已經死了。巳之吉沒臉見茂作遺下的妻子和小孩，在葬禮上一直默默低著頭。

於是，巳之吉丟了飯碗，回到老母獨居的那個家。他持續了一陣子身體不聽使喚、只能臥床休息的生活。只要閉上眼，茂作的死狀和那美男子的臉孔便會在眼瞼內側閃現，令他難以安眠。母親極為擔憂，熱心地在病榻旁照顧他，不過他還是沒將那晚的事情說出口。因為風雪中清楚聽見的嗓音，仍迴盪在他耳邊：

「約好囉……」

就這樣，冬去春來，在夏天逼近之際，巳之吉總算不再作惡夢，恢復了精神。他彷彿從茂作手中接棒似地，一個人展開了伐木工作。

在那年降下初雪之日，巳之吉去了遙遠的村落一趟，販售薪柴，回程發現有個旅人裝扮的男子，走在不遠處的前方。

那是個身形修長如柳樹的年輕高個兒男子。他背後綁著工整的總髮[1]，身穿的和服雖不高級卻保養得很好。最引人注目的，是他行走於雪泥路上的優雅身段，彷彿在滑行。那儀態迥異於背著斗大行囊蹲馬步的自己，也不同於鄉里的女人們。他從未見過這樣的人。巳之吉目不轉睛地盯著那男人，下定決心加快腳步，湊近對方。這個不懂風流韻事的木頭人，第一次做出這種舉動。

這時，男人突然轉過頭來看向他。巳之吉看著那張臉……

「啊。」

他不禁停下腳步。男人實在太俊美了，美到像是畫出來似的。純白而光燦的肌膚不僅毫無日曬痕跡，也沒有半點斑，只有嘴唇紅得像山茶花。當那對比黑檀還黑的眼眸與他的眼睛對視的瞬間，巳之吉突然覺得腳下那條平凡無奇、筆直延伸的野外道路，變得像極樂淨土那般耀眼。

1　日本男性的傳統髮型之一，類似馬尾。

「怎麼啦？這位兄弟。身體不舒服嗎？」

男人也停下腳步，細瘦的脖子側向一旁，似乎覺得不可思議。他連說話的嗓音都很清澈滑順，好聽極了。巳之吉完全不知如何是好，默不作聲地搖頭，抽筋似的。不過男人看到他的醜態不僅沒有錯愕，還展露微笑，一副莫名愉快的樣子。他踩著輕快的步伐來到巳之吉身邊，然後盯著對方的眼睛說：

「我叫雪之丞。」

「雪之丞……」

「很奇怪的名字吧？你願意的話，可以叫我雪。你呢？」

「巳、巳之吉。」

「嗯……巳之吉先生嗎？」

男人這時突然轉過身去，又開始健步前行了。巳之吉慌慌張張地追上去。

「你、你住這一帶嗎？」

「你呢？問別人話之前應該要先交代自己的來歷吧。」

「我、我住……住在……前面那個村子。和我媽一起住。」

「這樣啊。」

「我是樵夫。這一帶的山我都走遍了，什、什麼樹我都砍。獨力作業。」

巳之吉也搞不太懂自己到底在說什麼，不過他想要繼續對雪之丞——自稱雪的男人說話，不願對話中斷，於是拚命蠕動他平常根本沒在動的嘴巴。

「你是做什麼的？先前我從來沒在這一帶見過你。」

「如你所見，我正在旅行途中啊。我父母雙亡，沒有什麼家業可以繼承，所以打算前往親戚所在的江戶，請他們幫我引薦工作。」

「江戶……」

武藏國離江戶不遠，但巳之吉從未踏入那裡一步。也對，這美男子住江戶會比住在這個滿是泥濘的鄉下來得適合。就在巳之吉這麼想的瞬間，胸口突然一陣熱燙，像是被火筷戳入那般灼痛，使他再度停下了腳步。

「什麼啊，又來了嗎？你怎麼啦？」

雪轉過頭去。巳之吉拱起寬大的背部，承受著他初次感受到的、那胸臆間的疼痛，接著他擠出一句話。

「繞、繞去我家一趟！」

「啥？你家？沒頭沒腦的，到底在說啥啊？」

「那個，我是說，你旅途漫長，想、想必很疲累吧！所以休息一下再走吧！到我家休息！」

「你不用扯那麼大的嗓門說話，我也聽得見啊。你真是個怪人呢……」

雪展現詫異的笑容，稍微考慮了一番後，婀娜地抬高下巴。

「那麼你就趕快帶路吧。老實說，我一路走走走，走得不耐煩了呀。」

巳之吉到家時，母親正好在準備晚膳。雪簡單問候，接著提議幫忙，他手腳俐落，嫻熟得像個長年操持家務的人。轉眼間，餐膳都準備好了。

三人圍著地爐喝湯。不過是喝個湯，巳之吉卻不知為何忐忑不安、靜不下心，飯菜也食之無味。收拾完畢後，母親到屋子深處的房間就寢，巳之吉和雪兩個人在地爐旁沉默地坐了一陣子。天氣嚴寒，雪卻鬆懈了跪坐姿勢，任肌膚直接貼在冰冷的地板上，出神地望著熾熱的火焰。那姿態美極了，巳之吉的胸口又莫名痛了起來。

「呃……雪先生。」

「叫我雪就行囉。」

「你，呃，在江戶，有那個嗎？」

「什麼？」

「有和誰締結良緣嗎？」

雪靜靜地盯著巳之吉的臉不放。

「沒有喔，我獨身。你呢？」

「我也，沒有。沒對象。」

「這樣啊。」

雪的視線再度投向地爐，不過他的唇間依稀浮現了淺笑。

翌日早晨，門外是一整片純白雪景。在這時期下這麼多雪是很罕見的事。

「你今天要上路前往江戶嗎？」

表情僵硬的巳之吉對雪問道，而正在門邊眺望戶外的雪聳聳肩，回答：「雪積成這樣，拿他沒辦法呀。不好意思，能讓我再叨擾一天嗎？」巳之吉鬆了一口氣，用力點了好幾次頭，接著翻出自己的半纏[2]，硬逼推辭的雪穿上。

隔天，道路仍然掩埋在雪白之中。巳之吉又問：「你今天要上路前往江戶嗎？」雪搖頭後，巳之吉又默默用力點頭。隔天，再隔天，都上演了同樣的互動。這天氣持續了四、五天，即使出現街道堪行的情況，雪還是會說「能再讓我叨擾一天嗎」，巳之吉則會點頭。同樣的狀況持續了一段時間。

「你今天要上路前往江戶嗎？」

那一天，巳之吉也在大清早發問。雪原本在外頭劈柴，因為寄人籬下的他希望透過工作報答主人。當他聽到巳之吉那番話時，終於忍不住拋開手斧，還把脖子上纏的手巾甩在地上。蒼白臉頰微微泛紅的他湊向巳之吉。

「你是怎樣啊，每天問每天問！那麼希望我走的話明說不就好了！」

突然挨罵的巳之吉大吃一驚，身體像石頭那樣僵住。雪的眉目上吊，露出巳之吉從未見過的憤怒表情逼近，看似要揪起巳之吉的胸襟，結果他揮出小小的拳頭，捶了巳之吉胸口一下。

「不、不是的。我、我只是，有點在意……你打算待到什麼時候。」

「你這樣說是什麼意思啊？」

「我只是想知道你什麼時候會走，今天會不會在。」

「喔，也就是要我趕緊走人吧。」

「不是！不是，不是的。你為什麼會那樣想？我根本沒有那種想法。」

巳之吉可憐兮兮地，臉色一下發青一下發紅，慌亂地揮舞著大手。

「……那你到底希望我怎樣？巳之吉先生啊。」

那對黑色眼眸挑起視線，緊緊盯住巳之吉的眼睛。

「我……我，說不出口。」

「為什麼啊？」

「因為那是出於私心的想法……」

---

2 庶民的工作服、禦寒服。

「說看看有什麼關係嘛。」

巳之吉歪了歪頭。雪嘖了一聲，突然露出困擾至極的表情，揪住對方的衣領，彷彿要攀附著它。

「說來聽聽就是了嘛。你到底希望我怎樣啊！」

空氣頓時變得安靜而緊繃，似乎連自己的心跳聲都聽得見。巳之吉清了清喉嚨，吞下唾沫，絞盡渾身上下的勇氣，盯著雪的眼眸，開口了。

「不要走。」他用沙啞的嗓音擠出呢喃般的話語。

「別去江戶。待在這吧。待在這個家。在我家，永遠住下來。」

雪眨了眨眼，突然怯懦地別開視線，低語中摻雜著嘆息。

「……我可是來歷不明、路過此地的流浪者呀。如果我是惡徒，你要怎麼辦？搞不好我打算趁你鬆懈時暗算你，搶走所有財物逃之夭夭啊。」

「你不會做那種事。」

「你怎麼知道？」

「沒頭緒。但我就是知道你不會。雪就是雪，你不是惡徒。不，你就算是惡徒也無妨，我希望雪留下來，留在這裡。」

留在這裡——他又重述了一次，說得堅定又清楚。

接著，雪突然從巳之吉身旁退開，進入柴房，默默開始寬衣解帶，窸窸窣窣。

「喂，喂，你在做什麼，會凍傷啊。」

「那就慘了呢。這麼一來……得請你幫我暖暖身子才行。」雪倚靠著小屋門口，任衣服滑落肩膀。他展開蒼白的雙手，伸向巳之吉，彷彿在招呼他過去。

巳之吉看到那姿態的瞬間，頭和身體彷彿沸騰了，他像野豬般地狂奔過去，一心一意緊摟著裸身的雪。

「等……等等啊，巳之吉先生。這樣很難受啊……」

聽到雪在耳邊淒切地哀求，巳之吉還是不減輕雙手力道，繼續抱緊全身冰冷的雪。雪起先任由他抱，一會兒過後開始發抖似地呼出熾熱的氣息，扭動腰部，好讓自己的那話兒抵住巳之吉的。

「！」

抖！巳之吉的身體像兔子或幼鹿般彈了一下。

「……難道你是第一次嗎？」

巳之吉滿臉通紅，紅到都像發黑了。接下來，彷彿被那份羞恥感染似的，雪的臉頰也泛紅了。他一邊羞赧地微笑，一邊以額頭磨蹭對方渾厚的胸膛。

「可以喔……你想做的事，都可以對我做做看。你的第一次，我要全收下喔。就算要粗暴地對我，也沒關係……唔嗯……」

雪的話尾被湊過來的嘴唇截斷了，它們來勢洶洶，彷彿是要咬住另外兩片唇瓣不放。

接著，巳之吉聽雪的話，對他做了所有想做的事。唯獨少了粗暴。

他們開始過著美夢般的極樂生活。日復一日，他們都在柴房、母親就寢後的地爐旁、春天原野或夏天河畔或秋天落葉堆中燕好。再怎麼擁抱雪的身體，都不會感到厭膩，不論何時觸碰都像是第一次觸碰一般，巳之吉為之耽溺。雪也渴求著巳之吉，教導不諳情事的樵夫各種方法，不時咬著手巾或自己的衣袖，以免發出呻吟。他歡喜地顫抖，透過全身表達悅樂。

季節遞嬗，又入冬了。巳之吉如同往常獨自上山，結束工作返回村落的途中，聽見路邊古老的祠堂傳來奇妙的聲音。他戰戰兢兢地湊近，發現原來是粗衣襤褸裹起的初生兒發出的虛弱哭聲。

巳之吉明明只是去工作卻帶了個嬰孩回來，讓雪大吃一驚。雪急忙燒水，暖和他的身體，餵他喝米湯，用鋪棉的半纏重新包裹他的身體，使地爐火燒得更旺些，以免他冷到。

巳之吉將嬰孩放到自己盤起的腿上，目不轉睛地看著那溫熱柔軟的睡臉。在此之前，巳之吉返家後的視線總離不開雪。雪露出掃興的表情，嘖了一聲，輕戳巳之吉肩膀，心情似乎很惡劣。

「你要拿那個嬰孩怎麼辦呀？你又沒有老婆，還想當人父嗎？」

「是呀。不只我當，雪，你也要當。」

「我也要？」

雪張著嘴愣住了。

「這嬰兒是我和雪的孩子，我是懷著這種想法才撿他回來的。我不要討什麼老婆，有你就夠了。我是你的夫婿，你是我的夫婿。然後，我們要養育這個兒子……你不想嗎？」

雪細長的雙目圓睜。巳之吉沒見他的眼睛瞪得這麼大過，突然不安了起來，又問他一次：你不想嗎？雪連忙搖搖頭，低下頭去，輕輕吸了一下鼻子。

「我怎麼會不想呢……怎麼會不想呢。」

他反覆地說，然後身體靠向巳之吉，畏畏縮縮地觸碰了嬰兒。

「巳之吉先生，這，可是我第一次摸到嬰兒啊……我有辦法成為一個好父親嗎？」

「你行的。你為人老實又工作勤奮啊。」

「……我也可以抱他一下嗎？」

巳之吉點點頭，輕輕將嬰兒交到雪的手中。雪的嘴唇噘得小小的，些微泛淚的眼睛緊盯著嬰兒的臉，彷彿忘了要呼吸。

「好小、好輕呀……」

巳之吉摟住雪的肩膀，和他一起輕戳嬰兒的紅色臉頰，撫摸那尚稀疏的頭髮。就這麼過了一會兒，巳之吉漸漸產生一種感受：這孩子彷彿真的是從雪的肚皮裡蹦出來的。他不禁熱淚盈眶，儘管他這個壯漢哭起來根本不成體統。

這嬰兒是上天賜給我的。活在世上真是太好了。雪和嬰孩都是我一生的寶物，我要一輩子珍惜他們——巳之吉在心中一再、一再堅定地發誓。

嬰兒被命名為銀太，茁壯迅速。雪照顧孩子的工夫不輸奶媽，無比細心，連巳之吉的母親都嚇了一跳。實際上，雪十分操勞，所有家事都能靈巧地處理，有時也會協助巳之吉伐木，力氣大得不像個瘦子。母親對他大為欣賞，把他當成了自己的另一個兒子，對他和巳之吉投注的感情已無分別。

後來，母親衰老到經常臥床。雪便一肩扛起照護工作和家事，但他竟沒有流露一絲憔悴，反而愈來愈美豔動人。又過了幾年，臥病在床的母親緊握著雪的手，向他表達感謝之情後撒手人寰。

母親之死令巳之吉大為悲嘆，不過有雪和銀太陪伴的生活，充分療癒了他的悲傷。母親的衣物全數由雪繼承，並被穿針引線修改成他或銀太的外出服。

銀太入睡後的某個晚上，巳之吉坐在地爐邊出神地望著雪的側臉，看他就著行燈火光做針黹。雪認真盯著自己的指掌之間，此時的臉孔和平日的笑臉或恍惚神情不同，隱約給人冷淡的印象，非常不可思議。於是，巳之吉沒經過熟慮，就把腦海中突然浮現的念頭說了出來。

「——真像呢。」

雪的手停住了。

「你剛剛說了什麼嗎？」

「是啊，呃，我覺得你看起來像某個人。」

「這樣呀……第一次聽你這麼說呢。那某人，出身什麼地方，又是什麼人呢？」

雪的手還是靜止的，說話時整個人也文風不動。巳之吉向他訴說十八歲那年冬天發生的可怕事件，提起船夫小屋內出現在茂作和自己面前的男人。

「或許是冷到產生了幻覺吧。不過就算是幻影，我見過俊美到那種地步的男人呀，就只有你和他了。當我想起他，才發現你們兩個很像……我至今都沒察覺反而才不可思議呢。」

接著，雪倏地起身，將手中縫到一半的衣物甩進地爐內，掀起灰燼和火星，使四周籠罩於一陣朦朧的白煙之中。

「喂，雪，你做啥——」

「為什麼啊——為什麼啊，巳之吉先生。你不是做了約定嗎？你不是和我約好了嗎！」

雪雙手掩面，發出高亢的慘叫。於是，行燈火光突然消失了，房門被往外吹開。冷風和雪灌了進來，刀刃般刺著巳之吉的肌膚。

那聽起來像慘叫的聲音，是狂暴肆虐的風聲。就跟他在船夫小屋聽見的聲音一模一樣。

「雪……你……」

雪猛然起身後，總是綁起來的頭髮首次在巳之吉面前鬆開了。在風的搧動下，髮絲如憤怒失控的蜘蛛腳般張開、蠢動，彷彿隨時會襲向巳之吉。

「你竟敢違背我們的約定——你發誓不會對任何人說，卻還是說出口了呀！」

那是地鳴般的可怕嗓音。不輸給風聲的人聲。

「我得殺了你才行。我得現在就殺死你。不過……不過我辦不到。你竟然讓我成了人子之父。讓我！讓我成了人父！豈有此理！巳之吉先生……我恨你呀。我好恨你呀。不過我不能從銀太手中奪走你，我辦不到。他是我的孩子。我們的孩子！啊啊……可惡，真蠢。真是個蠢男人啊。我果然該在那個時候，我們最初見面的時候，就速速宰掉你……！」

風聲大作。雪的眼睛湧出閃亮的白光，破碎四散。不明所以的巳之吉顫抖著，在狂暴的大風中向雪伸手。然而，雪一度緊閉雙眼，突然就換上了一張冰凍般的恐怖面貌——他變成了那個晚上的模樣，以冷冷的視線俯瞰巳之吉。

「——再見了，巳之吉先生。」

「雪！」

巳之吉抓住雪的腳踝，彷彿要攀附其上。不過它像霜一樣，三兩下就碎成了小塊，被風吹遠。

「你要好好照顧銀太。那孩子要是有什麼三長兩短，我到時真的會殺了你。我都會知道……就算我們分開……我還是會知道你過得如何……」

沙沙，沙沙，雪的身體彷彿被風帶走的細雪，逐漸粉碎。

「不行，不行。不要走啊，雪。不要走！雪！」

巳之吉的手抓住一片空無。之後，連一絲絲風都不剩了。

一切都結束了，一切都太遲了，一切都消失遠走了。

從此之後，雪再也不曾現身。

誓約——破約

「我，不怕死……我沒騙人，是真的。」

聆聽者向那沙啞的嗓音點點頭，說話者那泛白龜裂的嘴唇便綻放了笑意。

「我這輩子都在打打殺殺……能在榻榻米上死去就該心懷感激了。不過啊，大哥。我還有一件掛心之事，只有這麼一件。」

佐吉的手臂原本很粗壯，如今在病魔侵蝕下變得細瘦如枯枝。長治緊緊握著那隻手。長治一家是以江戶為據點的極道，匕首佐吉則是老大長治麾下第一把交椅，他的生命如今即將凋零。

「什麼事？說來聽聽。」

「我死了之後，老大一定又會和人結拜，收新的小弟吧？會和他喝交杯酒，對吧？你會選誰呢？定吉嗎？還是阿政？」

佐吉炯炯有神的眼睛緊盯著長治。他只剩這對眼睛依舊充滿熊熊生氣，簡直是想把剩餘的生命之火全燒盡似的。長治見狀偷偷吞了一口口水。

「別說那種無趣的傻話了。長治我呀，認定為兄弟的男人只有一個，那就是佐吉你啊。我不會讓其他人也跟著叫我大哥的。」

「真的嗎……我可以相信你嗎？」

「從以前到現在，我難道對你說過謊嗎？」

這時，忘了取走的風鈴，在屋簷下發出叮的一聲。

——大哥，你在想啥啊。風鈴和黑道的家太不搭嘎了吧？

佐吉想起長治大哥買風鈴回來時的情景。那年夏天開頭，他還有力氣大放厥詞，說那種話。長治不搭理抱怨連連的佐吉，把風鈴掛到寢床上看得最清楚的位置。他當時已經知道了：在這個看不見日頭也看不見祭典熱鬧場面的房間內，這風鈴將成為佐吉最後的夏天。

「大哥。我活到現在，從來沒這麼開心過呀。我竟能成為長治老大的唯一拜把兄弟，我到了冥土可要向鬼炫耀一番啊。」

「別說那種喪氣話。大夫不是說有可能好起來嗎？」

「我的狀態我自己最清楚。我再活也沒多久了，大概今天或明天就走啦。我都知道，大哥，我都知道啊。」

他那枯瘦的手，用虛弱的力道握緊了長治的手。

「我死後，可以把墓碑立在這裡的院子嗎？」

「好啊，你想要的話就那麼安排。我會買顆氣派的墓石給你。」

「我不要那種玩意兒。不過……埋葬我的時候，請讓我帶著那屋簷下的風鈴。」

「風鈴？怎麼又扯到它？」

佐吉想對他笑，結果只是嘴唇顫抖地歪了一歪。他的笑聲原本像小孩子般爽朗，一點也不像極道人。然而，病魔連那笑聲都即將奪走了。

兩人對飲結拜為兄弟那天的情形，在長治胸臆間清晰浮現。他們當時比現在年輕多了。長治還不是老大，佐吉甚至稱不上小流氓。他們不是在這麼堂皇的宅邸內結拜，而是在破爛長屋的一角，往裂開的酒杯注入便宜酒水，交杯互飲，凝看彼此雙眼一路喝到天亮。

這是我的男人——長治當時打從心底產生了如此領會。他不是那樣覺得，或那樣設想，而是對該事實心服口服。在接受閻羅王審判之前，他們都會一直並肩作戰。這樣的男人，他一輩子只會遇見一個，而那便是佐吉了。佐吉內心肯定也懷抱著同樣的想法，長治對此瞭若指掌。

——我就是你，你就是我喔。懂嗎？佐吉。

——我明白。大哥就是我，我就是大哥。

毫不拖泥帶水，就這麼定了。兩人甩開酒杯，像狗幹架那般撲向對方，撕碎腰帶、衣物、兜襠布，以彷彿要啃食彼此的方式相擁。他們沒做什麼準備，長治還是不管三七二十一地掰開佐吉的胯間。

——會刺痛喔，忍忍啊。

——誰在乎啊，快來。只要是大哥給我的，我全都要啊。哪怕會痛，會苦……

當時也是夏天。掛在長屋某處的風鈴響了。淋漓汗水和滲出的血，佐吉偶爾發出笑聲般的喘息，這些都讓長治暈頭轉向。好熱，好燙。他們一再、一再相擁，直到精疲力竭，然後以渾身是精液和口水的狀態昏睡了整整一天。從隔天醒來到今天為止，兩人不曾分別一日。

「大哥啊……你真的很善待我啊。」

「怎麼突然這麼說，真噁心。」

「我不是說了嗎？我就快不行了，起碼讓我在最後展現惹人憐愛的一面吧。」

「混帳東西……」

長治再也無法按捺，將佐吉的身體緊擁入懷。這身體多麼單薄、虛幻、脆弱，簡直無法想像這是那年夏天和他同床的男人。

「啊啊，好幸福。我是你唯一的男人，我就要以這身分死去了。我會在地獄遊山玩水等你來的。你千萬要晚點來啊。要晚點，不可以馬上過來呀，大哥……」

佐吉說完話後，彷彿睡著似地在長治懷中靜靜死去。

長治遵照約定，在宅邸院子裡立了佐吉的墓，並讓他手握屋簷下的風鈴，再將他放入桶棺中。長治舉辦了一場盛大的葬禮，風風光光地送小弟上路。佐吉生前從來不離身的匕首成了遺物，由長治繼承，他也隨時將它收在懷中。

失去一同並肩作戰的男人，感覺就像少了右手般痛苦，這完全不是誇張的說法。然而長治有率領極道一家的責任在身，只要稍微表現出頹態就會被人從背後捅一刀，此乃道上人的常理。幹架一流的老大親信佐吉死亡的消息傳出後，外人跑來地盤鬧事的情況愈來愈嚴重。

長治帶著手下親自上陣，將膽敢犯上的傢伙一一斬殺，甚至不給對方叫囂的機會。在場的女人小孩也照殺不誤，毫不留情。長治老大成了惡鬼——他的屬下和他們身邊那些腳踏實地過活的人，都害怕徹底換上阿修羅面孔的長治，躲他躲得遠遠的。

事情發生在這時期的某一天。管賭場的阿政是資歷和佐吉差不多深的小弟，他帶了一個年輕人過來。年輕人似乎還是乳臭未乾的年紀，卻看起來腦袋靈光。他名叫五郎，是阿政的遠親，據說他離開家鄉是想在江戶闖出名堂，成為一個男子漢。

「老大，我聽說宅邸長久以來連個廚娘都沒有咧。一幫的老大連僕役都沒有，過著鰥夫的生活——這要是傳出去可不好聽啊。這五郎呢，您再怎麼使喚他他都不會抱怨，請務必讓他為您工作。」

長治起先拒絕，但阿政死不讓步，跪在土間[3]的五郎也拋出一句：「還請您使喚我！」長治被兩人的氣概壓倒，最後只得放五郎進家門。

實際上，五郎工作起來無比勤奮。不會探問、不會廢話這點也很受長治欣賞。然而，每天早晚在就寢處看見佐吉的墳墓時，長治都會感到些微心痛。他明明沒做什麼虧心事啊。

往後，他持續過著腥風血雨的日子。五郎一再拜託他帶著自己出生入死，不過他總是一口回絕，說這又不是小鬼的兒戲。儘管如此，他還是每天跪坐在玄關前，幼犬似地等待主人回來，看著他的身影，長治的面孔也漸漸從阿修羅變回了人類。不知五郎是否真心嚮往道上生活，從走路方式到拿筷子的方法都偷偷模仿長治，令他看得心癢癢的。他想起來了，佐吉剛和他相遇時也是一味在模仿他。

某天晚上，長治稍微喝多了。這是很罕見的事。他搖搖晃晃地走在沒什麼人煙的路上，想藉此醒酒，結果注意到身後有輕巧逼近的腳步聲。

失策了呢，他心想，手伸向懷中的匕首。對方只有一個人。激烈的鼻息混進

3 日式建築裡室內外的過渡區域，與戶外地面等高。

暗夜之中，傳進長治耳畔。

「你、你是長治吧？」

對方似乎察覺自己行跡敗露了，於是用顫抖的聲音呼喚他。

「是又怎樣？」

「你是我妻子的仇敵。納、納命來。」

長治轉過頭去，見到一個面容憔悴、工匠模樣的男人，手持平頭章魚刺身刀。「拿那種玩意兒，要捅我或砍我都行不通的呀，我又不是生魚片。你完全是個外行人呢。」

長治嗤之以鼻，取出懷中匕首。一般情況下，看見他抽刀，大部分人都會心生畏懼、逃之夭夭。不過這男人似乎是認真的，他發出高亢到有些變調的叫聲，持刀筆直衝來。

長治準備輕鬆閃過，然後給對方致命一擊，結果腳步亂了。糟糕！幾乎在他這麼想的同一瞬間，章魚刺身刀的薄刃劃過長治肩膀，切開上衣，濺起一片血沫。

「去死吧！」

長治被撞倒在地，滾了一圈。他看著流淚男子背著昏暗的月亮，高舉菜刀。

（我就要被這麼無聊的男人宰掉了嗎？）

佐吉的臉孔突然浮現在長治眼前。

（抱歉啊，看來我很快就要去地府見你了。）

就在這時，男人的身體搖搖晃晃地倒向一旁。

「老大！」

那是五郎的聲音。地面突然有火舌竄出，是扔在一旁的燈籠燒起來了。

「五郎……」

五郎雙手捧著染血的大石頭，持章魚刺身刀的男人則倒在他腳邊，彷彿一顆熟到裂開的西瓜。

長治牽起五郎的手，趁四周尚不見耳目，急忙趕回宅邸。他們不點燈，默默坐在昏暗的房間裡。只有劇烈的喘氣聲迴盪了一段時間。

「……小的萬分抱歉。」

「道什麼歉。我不喜歡光聽人道歉，理由也要說一說。」

「……時間很晚了，老大還沒回來，我想去接您……結果，就演變成那樣了……」

「你以為我是小鬼頭嗎？還是天真的小妞？」

「對不起……」

長治嘆了一口氣。他的眼睛習慣黑暗了，瑟縮成一團的五郎臉上無比歉疚的表情，他也看得一清二楚。他的容貌才真的像天真小妞，卻一擊將那個男人收拾掉，毫不猶豫。

「你想要什麼？」

「啊？」

「你確實救了我一命，這是錯不了的。我受人恩惠必定回報。想要什麼就跟我說吧，什麼都行。」

「不，不用了，我只是做我該做的事，怎麼會需要回報呢。」

「同樣的話別讓我說第二次。」

「……是。」

五郎深思了一段時間，最後似乎下定了決心，抬起頭來。

「請讓我稱您大哥。」

「……呃。」

長治屏息。

「我不要您給我東西或錢，連一粒粟米都不用。不過，我能不能把長治老大當作大哥呢？這是我唯一的盼望。」

一言既出駟馬難追。如果違反諾言，身為道上人的面子就會掃地。

然而，長治耳畔依稀響起了風鈴聲，他和佐吉的約定浮現腦海中。

不過最後，長治選擇了面子。

既然認五郎為小弟，就不能讓他一直打雜。長治於是新雇了算是打過照面的老太太當下女，讓五郎正式進入這個極道之家。他原本想安排長屋內的某處給五郎住，但五郎堅持：「我想在大哥身邊在待一陣子，學習男子漢之道。」於是兩人還是繼續在同一個屋簷下生活。五郎的名聲也漸漸在道上傳開了，大家都知道他是忠心耿耿的極道之人，毆死了想要取長治性命的男子。

「大哥！」

五郎獲准稱呼長治大哥的那天起便愈來愈為他醉心，熱切的視線也不再躲躲藏藏。長治其實也不反感。起先他還會感到愧疚和歉意，不過有五郎陪伴的生活變得日漸理所當然。他看人的眼光很準，五郎膽子大，頭腦也不差，拳頭相當硬，多累積一些經驗的話，遲早會成為獨當一面的道上人，這肯定不會錯的。

某一天，長治去舊識家拜訪，暢談甚歡又黃湯下肚，於是直接在那過了一夜。隔天傍晚回家後，他發現狀況不太對勁。走進院子，他看見宅邸窗邊洩出燈光。

「五郎，怎麼回事？為何到處點行燈？這樣太浪費燈油了吧。有哪位客人上門嗎？」

「請您斷絕我們的結伴關係。」

五郎跪坐在玄關外緣的橫木上，磕著頭，整個人幾乎平貼在地。

「喂，你說啥啊？是怎麼一回事？斷絕關係？別開那種無聊的玩笑。讓開，你這樣我過不去。」

長治硬擠過去，進入房間，五郎也隨後跟來。長治看到他後大吃一驚。他的臉毫無血色，一片慘白，像患熱病似地發抖著。

「拜託您了。請別再多說什麼，斷絕我倆的關係吧。」

「喂，你在想什麼啊？你不是不久前才要我收你當小弟嗎？你是瞧不起這行嗎？」

長治語帶威脅地吼道，不過五郎還是傀儡一般反覆地說：「斷絕關係吧。」

「讓新人加入極道之家是非同小可之事，我相信收你當小弟是有價值的事，所以才和你喝交杯酒。斷絕關係也一樣。怎麼可能只因為你拜託我，我就毫無理由地隨便接受請託呢？你是想要傷害這個極道之家的名譽，要傷害我的名譽嗎？」

「絕對……絕對沒那回事……我怎麼可能傷害大哥和極道之家的名譽……」

「那就說出理由。如果有正當的原因，就說來聽聽吧。」

五郎用衣袖拂去額頭上浮現的汗珠，張望四周，然後開始小聲說話，彷彿在進行密談似的。

昨晚，五郎在主人外出的家中一如往常地就寢。就在他意識開始朦朧時，某處傳來了奇怪的聲音。

叮鈴

叮鈴

像是鈴鐺的聲音。可能是巡拜者或虛無僧[4]吧，他不以為意地心想，又蓋上被子。不過那聲音愈來愈大，愈來愈近。

叮鈴

最後，那聲音在耳朵一寸外大響，嚇得五郎慘叫，驚坐起身。

接著，他看到了不該看的東西。

在枕邊，仰頭便立刻會注意到的位置，懸著他從未見過的小風鈴。他明明已經關窗了，風卻從某處穿來，使風鈴發出叮鈴一聲。

那風帶著惡臭，像是魚內臟腐壞的味道。漸漸地，彷彿撥雲見月般，持風鈴的手、連接的手臂、身體、臉龐在黑暗中逐一浮現。

五郎看見他的模樣，在被子上吐了。害怕到嘔吐了。

對方穿著髒兮兮的壽衣，手指、手臂，還有臉上，都黏附和垂掛著腐爛化開的肉塊。理應有眼珠的地方只開了兩個深邃的窟窿。五郎卻清楚知道，對方正瞪著自己。

「出去……」

它說話了。張開的下顎內一片烏黑，看不見舌頭，但它還是口齒清晰地說話了。

4　普化宗僧侶，會吹尺八在各地行腳。

「離開這個家……滾出大哥一家……這裡沒有你的容身之處……不許對任何人說半句話，立刻滾出去……要是你敢對誰說……對那個人也不行……你說了我就把你大卸八塊……」

腐爛見骨的手伸向五郎。

就在這瞬間，五郎嚇到昏厥了過去。據說他再次醒來時已是早晨。

長治盤起雙手，靜靜聽著五郎說話。他的太陽穴冒出了幾滴汗珠。

「那……應該是你作了惡夢吧？吃壞肚子，所以才作了怪夢。這是常有的事啊。」

他打算這樣唐塞過去，五郎卻堅定地搖頭，緊咬不放。

「那絕對不是什麼夢。我親眼看到了，親耳看到了。他不許我把這件事說出去，我卻違背了他的囑咐，搞不好真的會被他大卸八塊……大哥，拜託了，和我斷絕關係吧！」

長治看著眼前跪地磕頭的五郎，背脊發涼。

「……好，那我今晚和你在同一個房間睡覺，確認是不是真有你說的這回事。那個穿壽衣的男人要是冒出來，我會保護你。如何？」

五郎聽完臉色依舊慘白，不過還是點頭同意了長治的提議。

長治在寢間鋪了兩張被子，盤腿坐在上頭灌酒。他的慣用手收在懷中，緊握著匕首。那是佐吉的遺物。

他並不相信佐吉說的全是事實，不過佐吉的幽靈要是真的出現，也只有他能勸退對方了。這點他很清楚。佐吉很氣違背約定的長治。

五郎像個小嬰兒似地害怕房間陷入黑暗，不過長治硬把他塞進被窩裡，吹熄了所有燈。

時間到底過了多久呢？長治維持盤腿坐姿，不知不覺打起盹來。

就在這時，他聽到了奇怪的聲音。

叮鈴

「啊，大哥！」

五郎立刻驚坐起身。

「混帳東西，別輕舉妄動。安靜，不要出聲。」

長治制止他，但自己的嗓音也在顫抖。

「出、出現了！果然是妖物！是真貨啊！」

「閉嘴！」

長治想要拔出匕首，站起來。然而，他動彈不得。不僅腳和手，他連一根手指頭、一根毛髮都動不了。就像有隻隱形大手緊緊束縛他的全身。

「大哥！」

不會錯的，是那令人懷念的風鈴聲。依舊動彈不得的長治，汗涔涔地凝看聲音的源頭。障子門悄悄滑開，腥臭又帶黴味的風灌入室內。

「沒遵守呢……約定……你沒守約……」

那沙啞的聲音像是從喉中擠壓出來的，但長治很清楚出聲者是佐吉。

（佐吉）

長治拚了命地想要開口，但嘴巴無法動彈，連舌頭都僵住了，甚至無法用喉頭悶哼。

「大哥！救救我啊！大哥！」

五郎腿軟，垮坐在棉被上，而佐吉緩緩地、緩緩地朝他逼近。

（住手啊，佐吉。回墳墓去。你在想什麼啊！）

「沒遵守呢……約定……你明明那樣發誓……」

穿著壽衣的佐吉亡靈完全沒將長治看進眼裡，站到五郎正前方，雙手倏地抓住五郎的頭。

「咿——」

尖銳的慘叫傳來了。

（住手啊，佐吉，住手啊！快逃啊，五郎！）

佐吉的手緩慢地，轉石臼似地，轉動五郎的頭。令人不快的嘎嘰聲響起，慘叫停住了。

長治想閉起眼睛，但這也無法如願。佐吉繼續轉動五郎的頭。癱在被子上的手腳一抽一抽地抖動，最後一動也不動了。

五郎的頭被扭了整整一圈後，臉龐再度朝向長治。他垂著舌頭，血溢出嘴，翻著白眼，嚥下了最後一口氣。然而，佐吉還是繼續旋轉著那顆頭——最後五郎血沫紛飛，被扭到身首分離。

（你幹了什麼好事！那傢伙根本沒做什麼壞事。他只是個小鬼頭啊！）

長治在心中拚命怒吼，淚如泉湧。淚水和濺到他身上的血水混和，滴滴答答地流進被子裡。

佐吉彷彿在這時才首次注意到長治的存在，迅速將臉轉向他。

（為什麼要殺五郎！你想殺的是我吧？是我不遵守我們之間的約定。是我！要殺就殺我啊！）

長治一面流淚一面在心中不斷大喊。

結果，佐吉大張那腐爛的嘴，身體後仰，開心至極似地呵呵笑。

「大哥，那是你的想法。我不一樣喔，我並不那麼想。」

剎那間，束縛長治的力量突然解開了。

「混帳！」

長治立刻抽出匕首往前跳，一鼓作氣刺穿佐吉的心臟。

笑聲停了，沒有眼珠的眼睛緊盯著長治不放。就像他臨死的那天。

「我等你喔，大哥。千萬要晚點來，要晚點喔……」

話一說完，佐吉的身體隨著骨頭一根根碎裂、四散，當場瓦解了。

天亮了。

晨曦照入屋內，五郎那瞪大眼睛的猙獰首級，以及沾滿泥土的風鈴躺在地上，靜靜不動。

男人的友情——鮫人的感謝

沒有比男人的友情更高貴的事物了，我打從心底這麼認為。這是因為，如果沒有那個男人的深厚友情，我應該會孤苦寂寞地衰老、早逝吧！再怎麼感謝他都不夠。

此刻，心愛的老婆正在為剛出生的嬰兒哺乳。如果沒有那個男人的友情，我也無緣目睹這惹人憐愛的美妙光景。每當我看到庭院的池塘，我都會想起他。雖然他是個古怪、性喜胡鬧的傢伙，但我往後也遇不到那麼好心的人了吧。

我和那傢伙差不多是在三年前認識的。那是個天高氣爽，刮著冷風的一天。我獨自走在瀨田的長橋上，橋過了大約一半時，突然有奇怪的東西映入眼簾，一個巨大的團塊倚靠著欄杆，蠢動著。

我忐忑不安地湊近，發現那團塊竟然呈現人形。不過他從頭頂到腳尖都滑溜溜的，沒半根毛的禿頭搭著一對銅鈴般的大眼，長長的鬍子從臉的兩側垂下。哎，是會令人大吃一驚的醜陋生物呢。簡直像隻想化身成人類但卻失敗收場的大鯰魚。這八成是妖怪或祟神之類的生物吧？我心想。原本打算立刻掉頭離開，不過定睛一看，這鯰魚男的綠色眼珠散發著極度惶恐又悲傷的氣息，似乎非常沮喪。一注意到他的神色，我便開始為他感到可憐，同情湧現。我對自己看人的眼光很有自信，直覺告訴我，這個鯰魚男不是什麼壞人。所以我鼓起勇氣，試著湊了過去。

「你還好嗎？在這個地方做什麼啊？」

被我搭話後，他露出驚訝的表情，接著突然打直腰桿，然後說：

「我是鮫人，原本在這琵琶湖底的八大龍王城內當僕役，出了嚴重紕漏後被趕出城外，如今沒得吃也沒得住，走投無路呀。沒想到像您這樣衣冠楚楚的人類竟然會向我搭話，或許證明了上天還沒捨棄我吧？老爺，您要是看我可憐的話，請惠賜我一些東西吧，什麼都行。拜託了，拜託了……」

他萬分歉疚地縮起巨大的身軀，彷彿隨時會跪地磕頭似的。原來如此，他外表駭人，但似乎是個膽小、和善的男子。自稱鮫人的他，看著我的模樣實在太可憐了，我於是心想：會這樣相逢也是有緣，不伸出援手不行啊。

下一刻，我想到了一個好主意。我不時會像這樣靈光一閃。既然想到了，就立刻實行吧！我對不斷鞠躬的鮫人說：

「我家就在這裡不遠處，院子裡有個又大又深的池子，你在那愛待多久都行。我也會給你一堆好吃的食物。如何？」

聽到我的提議，鮫人瞪大綠色眼珠，開心到彷彿要哭出來了。他踩著踉蹌的步伐死命跟在我身後。真可憐，他肯定是吃了不少苦頭。我對這個剛認識的鮫人徹底產生了親愛之情。男人的友情就是這麼一回事吧？就算不清楚彼此的底細、不天南地北閒聊，你仍知道哪種人會和自己建立深厚情誼。這也許是同為男人才會明白的感覺吧？就是這麼一回事。

我把鮫人帶到家裡的池子，他便開開心心、迫不及待地下水，四處悠游。他的姿態實在太過古怪，看得我哈哈大笑。真的很像大鯰魚啊。總而言之，鮫人就這麼在我家住了下來。他主要是吃小魚和青苔塊之類的食物，魚吃的東西他都吃。

一天內好幾次，我會將食物裝桶，帶到池畔給鮫人，然後陪他聊聊天。想說他一個人在池子裡應該很寂寞。鮫人原本似乎真的住在琵琶湖底，對陸上世界幾乎一無所知。因此我決定告訴他各種事情。他總是非常熱心地聽著，眼裡有光。

我們的模樣雖然不同，但我感覺像是多了一個弟弟似的，開心極了。

時光不斷流逝，命運改變的那一天來臨了。

那一天，我出門去了大津的三井寺。那是一間非常大的寺廟，每年七月中都有女性參拜日，大批女子會從遙遠的城鎮聚集過去。我當時單身，因此想去物色適合當老婆的好姑娘。結果，我發現了一位閉月羞花的女子。

我至今仍清楚記得那一瞬間。她身材嬌小、臉龐白皙，簡直像梅花化身成的人類。聲音也像停在梅樹枝頭的黃鶯般輕巧悅耳，而最吸引人的是她無比稚嫩、可愛到極點的臉蛋。我只看一眼就迷上了那女孩。我立刻察覺：這是命運的邂逅，說什麼都得娶她。

女孩帶著一個老奶奶隨從，穿的衣服也相當奢華。心神不寧的我忍不住跟蹤離開寺廟的兩人，得知她們在附近村子逗留了一、兩天。我到處向村民打聽，想知道那位淑女到底是何方神聖。

就這樣，我得到了一個好消息和一個壞消息。好消息是她還未嫁。壞消息是她家人的貪念根深柢固，似乎曾公開宣稱：只有帶來一萬個寶珠作為聘禮的男人，才能娶走這個女兒。

一萬個寶珠作為聘禮實在太超過了，將本國所有寶物集合起來也達不到那個數量吧？就算條件砍半，我怎樣也收集不到那麼多呀。可是沒有寶珠就娶不了那個女孩了呀！我好難受、好難受，從大津返家後立刻倒了下來，發起高燒，臥病在床。

痛苦發燒的期間，眼前浮現的依舊是那個女孩的側臉，耳邊傳來的還是她的笑聲。不管喝什麼、吃什麼都沒有味道，不久後什麼都嚥不下去了。簡直像被詛咒一樣，我倒臥在地板，虛弱到連頭都抬不起來。以為自己嚴重高燒，結果身體冷到像是要結冰了，胸口和腹部陣陣刺痛。白天有傭人幫忙照顧，但晚上得一個人忍耐這痛苦。根本是地獄啊。

某天晚上，我在汗溼的冰冷棉被上痛苦掙扎。我記得不是很清楚，但也許我發出了呻吟。好想再見那女孩一面，再看她一眼就好，我邊想邊搔抓著胸口。

結果，房間的障子門沙沙開啟，啪噠啪噠的奇怪腳步聲逼近。是鮫人。鮫人不發一語，快步坐到我的枕邊，沾溼桶子內的手巾，擰乾，擦去我頭上的黏汗。

接著，他將蛙腹般黏黏的手放到我額頭上。感覺有點毛骨悚然，不過那手冰冰涼涼的，對於發燙的頭而言甚為舒服。我就那樣昏過去似地睡著了。

隔天，還有再隔天，鮫人都在日落後代替傭人照顧我。只要那黏黏的手碰到我的頭，高溫便會降下來，令我舒暢。在這種時候，他的綠色眼珠都會直盯著我看。我想，他大概是想報答我這救命恩人的恩情吧？那傢伙真是個重情義的男子啊。

不過，他的照料都成了白費工夫，我的身體狀況愈來愈惡化。最後找來的大夫，竟只撇下一句：我治得了傷口或疾病，但失戀導致的心病，我治不了。就這樣三兩下放棄了。

最後，我看破了。我橫豎無法娶那女子為妻，活在世上也沒意思。我要死於相思病了。眼瞼內浮現的側臉美極了，美到讓我覺得為她而死也是沒辦法的事。不過，我很掛念鮫人。我死後，屋子轉手給他人，他應該會被趕出池子吧。他又會孤單一人……

太陽下山了，鮫人一如往常進入房間。我眨了眨模糊的眼睛，想要看清楚他的臉。

「鮫人啊，如你所見，我已身染重病。看不看得見明天的太陽都是未知數了。如今這條性命沒什麼好留戀的，但我很擔心你啊。我不在之後，你也會很難熬吧？活在這世上總是難以順心如意。我死後，也請你要堅強地活下去。」

我把這些話當成遺言說出口，鮫人靜靜聆聽，結果聽著聽著溼了眼眶，用野獸般的聲音吼道：老爺要是不在了，我也活不下去！他開始哇哇大哭。那極度的哀傷感染了我，害我也跟著哭了。就在這時，我注意到一件不得了的事情。

從鮫人綠眼睛滾落的斗大淚珠，一個接一個凝固，像小石子般掉落到榻榻米上。我用發抖的手撿起它，定睛一看。不會錯的，那是無比剔透、閃著紅光的上等紅玉。鮫人愈哭，滾落的寶珠愈多，逐漸將榻榻米染成一大片紅色。

我從被窩彈坐起來，抓住鮫人的肩膀。鮫人看到我突然有了活力，似乎大吃一驚，眼淚頓時止住。我連忙向他說明事情的緣由。只要有他的眼淚，我就能娶那個女孩了。這麼一來，我為愛苦惱所招致的疾病也會徹底痊癒。

然而，鮫人瞪大了眼睛，然後說：「如果老爺不會死的話，我就哭不出來了。」我把榻榻米上的紅玉聚成一堆，發現還是遠遠不及一萬顆。我心煩意亂，身體又開始不舒服了。這時，鮫人露出深思的表情，然後說他有些事情想對我說。

原來，在大約一個月前，他接獲了通報：他的禁足令已被撤銷，可以回琵琶湖底的龍王城了。但他似乎是不忍拋下病倒的我，才在陸地上逗留至今。

「如果哭能治好老爺的病，我就設法哭給您看。您只要去瀨田的長橋上準備上等的酒、昆布等作為供品，龍宮城就會派人來接我。看到故鄉來的船，我心中會湧現懷念，與老爺離別之際，我會感到悲傷，這麼一來我就能再次落淚了。」

「也就是說，你不會再回到陸地了嗎？」

「是的。這次回到龍宮城後，我會在那生活到辭世為止。今天就是我和老爺今生最後一次相聚了吧。如果我的眼淚能為老爺做出貢獻，我所感受到的悲傷也就沒有白費了。」

聽了那令人敬佩的一番話，這次輪到我流下了男子漢的淚水。

我立刻準備了酒和昆布，和鮫人一同前往瀨田的長橋。那是無法忘懷的，我和鮫人相遇的地點。天氣清朗，吹著冷風，就跟那天一樣。

我們坐在橋上，敬彼此最後一杯酒。

「鮫人啊，船會從湖底過來嗎？」

「是的，不過人類的眼睛看不見龍宮之船。」

「竟然是這樣啊，真遺憾。我很想看看你故鄉的船呢。」

我話一說完，一大顆紅玉便滾落到牆上了，叩隆。

「老爺，我看到船首出現在遠方了……」

紅玉從鮫人眼中接二連三湧出，我將它們聚集到方巾上，手同時環住鮫人肩膀。他看著湖面，不斷哭泣。

轉眼間，紅玉便鋪滿了方巾，我將它們裝入我帶來的木箱內。不會錯的，數量湊到一萬以上了，我很清楚。後來的事，不用說各位也知道了吧。我帶著那箱子前往那個女孩家，舉辦了盛大的婚禮，接著還喜獲麟兒。這一切都歸功於那傢伙，那個鮫人。他的友情是我這輩子最珍貴的寶物。不知他現在過得如何呢？希望他在龍宮城也娶了個美嬌妻啊，那樣就太好了……

＊＊＊

沒有比所謂男人的友情更加愚蠢的事物了，我打從心底這麼認為。友情這種淺薄又野蠻的詞彙，到底曾經帶給多少人痛苦呢？你知道嗎？其他人就算不知道，我也知道。我知道男人的友情多麼殘酷、空虛、無聊。多麼傲慢、不遜、冷血。我知道，只有我知道……

我過去在龍宮城侍奉諸位龍王，但被捲入其他王族眷屬發動的醜惡權力鬥爭和陰謀中，不幸被流放到城外。不論我再怎麼誠摯地盡忠職守，一旦輸給骯髒的政治手腕，下場就是失去一切。我身無分文地被趕出湖外，爬上人類建造的橋梁，茫然地盯著湖面。

我是鮫人，鮫人沒有水就活不下去。

生在這片土地上，被趕出琵琶湖就等於被宣告死刑。我應該要盡早尋找其他水域才對，但身體不習慣的陸風吹得我全身乾燥、胸悶，令我動彈不得地蹲下。

就在這時，我察覺到有人逼近的腳步聲。

性格悠哉的人類的腳步聲。我開始害怕了。這個模樣要是被人類看到，一定會被當成惡鬼或妖怪之流，我必死無疑。此刻的我連擊退區區人類的力量都沒有。看來是在劫難逃了，我心想。

果然沒錯，湊過來的人類看見我之後表情扭曲，透露出顯而易見的畏懼和嫌惡。鮫人並不是以美貌自豪的種族。即使在龍宮城內，我們也一天到晚因為外表遭到貶低、嘲笑。在人類眼中，我們恐怕是無法多看一眼的畸形怪物吧。

然而，不知為何那個人類並沒有逃跑。甚至還湊近我，對我露出笑容，令我吃了一驚。

是的，我很清楚會錯意的是我自己，太愚蠢了。但假如我說，都是因為他的笑容魅惑了在乾燥冷風吹拂下陷入絕望的我，又有誰能責怪我呢？我已做好受死的覺悟，那個人卻伸手對我說：沒事吧……

我現在也會回想起他當時的臉。令人恨得牙癢癢的臉。沒錯，事到如今，沒有比那更令人生恨的東西了。上天為何要將那麼溫暖的笑容，賜給那種刻薄的男人呢？為什麼要將天真又洋溢雄風的容貌，賜給那種愚蠢的男人呢？

陸上的空氣令我難受，我氣喘吁吁、彎低身子，好不容易才張開疲憊的嘴巴，訴說自己的遭遇。人子不可能理解龍宮的政治或思想，因此我只簡單交代。結果那個人像撿到小貓似的，要帶我去他家。我以為他在開玩笑，或是在耍我。不過我的身體就快乾掉了，若不馬上泡入水中，死亡將會近在咫尺，我切身感受到了。別無他法了。我決定相信那個人說的話，跟著他回家。

我的腳不習慣陸地，走起路來很不順。東晃西擺還不時絆到，好不容易才抵達他的宅邸。看上去還算氣派，不過庭院裡的池子疏於照料，水質混濁。那個人卻還是自豪地對我說：喏，你可以盡情在這喘口氣。累壞的我只好爬進那狹窄又骯髒的池子裡。儘管髒，水還是浸透我全身，頓時呼吸順暢了起來。好悽慘的心情啊。不過那個人不知有什麼毛病，木偶般對我笑嘻嘻的。他看著我，龍王的眷屬，趾高氣揚的鮫人。

總而言之，我和那個人的生活就這樣展開了。

他每天都會隨便挑個時間送食物來，內容也很離譜。有半腐壞的小魚，像從魚店垃圾桶撿來的，或是帶著黴味的青苔和淤泥。他盛了一座小山過來，倒進池子裡，彷彿施捨天大的恩惠。他簡直把我當成畜生對待。然而，失去力量的我沒有其他容身之處了，只能忍受屈辱，吃那些食物。

不久後，那個人在送食物之餘，還會順便在池畔待上好一段時間。我偶爾會看到他的傭人，但他身邊完全沒有像是家人的人類。表情雖然無憂無慮，但他一直過著寂寞的生活吧？

他似乎決定把我當成一個體面的傾聽者了吧？開始在池邊對我滔滔不絕地說一大堆無益的廢話。話題都毫無教養，無聊至極，但我沒有其他打發時間的方式，只能靜靜聽他說話。內容大多和女人有關。他會露出沒骨氣的表情，反覆說：我有個夢想，就是總有一天要娶個本國最年輕的美女當老婆。多麼無聊、俗氣的夢啊。

一個年輕、四肢健全的男子住在這種豪邸卻沒女人緣，是相當離譜的事。人類女子大概也看穿他傲慢、不體貼的性格了吧。

然而有一天，那個人突然這麼說：

「你能來我這真是太好了啊。身旁能有個無話不談的朋友，真是好事呢。」

我懷疑我聽錯了。朋友。那個人確實是這麼說的。給我的待遇還不如流浪狗，卻似乎視我為朋友。蠢到我都想嗤之以鼻了。然而，他吐出的那句話卻不分日夜，不斷迴盪在我耳朵深處。你能來我這真是太好了啊……這句話沒有虛假的成分嗎？他看起來不像會說謊的人，腦袋應該沒有靈光到那種地步……

日子就這樣一天一天重複，迎來了夏季。那個人說要去大津旅行幾天，外出去了。不用聽他嘮叨那些無聊的話，我感到神清氣爽，但內心深處不知為何湧現一股灰色的、討厭的預感。不管我再怎麼游，再怎麼潛到池底，那討厭的預感都沒有消失。如今想想，應該是我殘餘的神力在向我預告即將來臨的不幸吧。

那個人從大津回來的那天，宅邸內引起了小小的騷動。先前連肚子痛都沒喊過的那個人，居然病倒了。發高燒，臥病榻。

那個人不再來池畔了。我從池子裡看得見他的房間，留意到有幫傭出入，但漸漸地，他沒碰飯菜、直接要人收走的狀況變多了。幫傭們瞞著他交頭接耳時，我偷聽到他的狀況相當糟糕。

我變得心神不寧。某天晚上出了池子，進入那個人的房間。

那個人皺著眉頭睡覺，似乎很痛苦的樣子。他的臉龐被月光照亮，先前那近似駑鈍的爽朗消逝無蹤，宛如亡靈。我還在龍宮城時，偶爾會看到人類屍骸沉到水底，而他的臉簡直是同一個模子印出來的。他似乎再活也沒多久了。一想到這，我就覺得無比心痛，內心深處彷彿要被壓爛了。真的很痛，連我自己都感到不可思議……

我坐到他枕邊，輕輕碰觸他冒出汗珠的額頭。如果我的身體還殘有龍王眷屬的力量，多少可以治療他的疾病。我一心一意想著這件事。不久後，他的表情舒緩下來，睡眠期間的呼吸也變穩定了。

那天起，我每晚都在幫傭回家後進他的房間，照護他。好一陣子沒有聽到他發出囈語之外的言語了。現在我好想聽到他用那明快的聲音對我說話，不管說的話再怎麼無聊、低級都無妨。我只有這麼一個心願。

事情大概是發生在秋天將臨之際吧。我一如往常進入房間，結果那個人的眼睛捕捉到我的身影了。我許久沒見到清醒時的他，沒來由地驚慌失措起來。

他哭花自己槁灰般的臉，向我訴說：自己大概再活也沒多久了，大夫已經放棄他了，他不想死。人之生死，我無論如何是左右不了的。不過，他虛弱地牢握住我的手時，端坐枕邊的我還是無法克制地流下了淚水。

我不想要你死。

別死，我想要你活著。就算我一輩子都被養在這骯髒的池子裡，過泥鰍般的生活也無妨。只要這個人能跟我一起活著就好，其他我什麼也不要。回不了龍宮城、失去鮫人的尊嚴也沒差。我想和這個人活下去。他雖然不懂得體貼，又傲慢、沒見過世面，卻會對我展露太陽般的笑容……

再怎麼隱瞞也瞞不住了吧？是的，我愛上了那個人。不知不覺地，無法自拔地。有生以來第一次愛上的，竟是如此無聊、虛弱的男人。我為什麼會產生這麼愚蠢的情意呢？不僅如此，它很快就要從我手中流失了。

我不停大哭。鮫人的眼淚奪眶而出後就會變成紅玉，因此我們很少哭泣。眼淚是鮫人最後的財產。

然而，我的淚雨下著下著，那個人突然發出怪叫，彈坐起身。我嚇了一大跳，看到那人目光炯炯有神，嘴角沾著泡沫卻還是哇哇大叫，我以為他終於神智不清了，於是更加悲傷。但我錯了。不對，就某個角度來看，他確實是瘋了沒錯。

事情是這樣的。為了把他在大津看到的女孩娶回家，他要我哭久一點，弄出多一點紅玉。他要我交出鮫人最後的寶物——紅玉。他抓住我的肩膀，邊吼邊湊近我。

我錯愕到說不出話來。那個人根本就不了解我哭泣的理由。我是因為自己多少抱持好感的人……自己心愛的人要死了，才流下淚水的。要我如何再哭一次呢？

說到底就是這樣。他完全沒有考慮我的心情，甚至不曾想過我也有我的心情吧？那個人的心裡只有他自己。他只是剛好碰上機會，半好玩地開始在院子裡養起醜陋的鮫人，他不可能去推敲那鮫人的心情。

那個人臉色憔悴，只有眼睛燃燒著熊熊的慾望。他逼近過來，要我多哭一點。多麼自私、多麼醜陋——又多麼俊美的臉龐啊！那個人大概不知道吧？不知道自己當時露出了什樣的表情。應該沒有其他人看過他那個表情才是。就連現在陪伴在他身邊的妻子也沒看過。那是只有我看過的一面，只有我……

數刻後，我來到了瀨田的那座長橋。我隨便說的話，那個人似乎徹底當真了，正手忙腳亂地擺放他準備的昂貴美酒和昆布。我側眼看著他，坐到橋上，然後凝望日落前的琵琶湖。

無風的湖面，多麼美麗呀。

那個人也立刻坐到我身旁，慌慌張張地幫我的杯子也倒了酒。這當然是他第一次為我這麼做。不久前他還倒爛魚內臟到我身上、弄髒我，此刻卻恭敬地為我斟酒。他就那麼想要寶珠嗎？他沒有自豪和含羞的一面嗎？大概沒有吧。這我也早就知道了。他就是那樣的人。為了滿足己慾，連自己的尊嚴都可以捨棄。人人都可輕賤的男人。

如果我待在這卻不哭的話，會怎樣呢？我腦中突然冒出這念頭。那個人要是發現自己等再久都等不到寶珠的話，會對我說什麼呢？會氣呼呼地說：「害我空歡喜一場。」還是會更為憤怒，把我活活打死呢？我瞬間想像了一下他拳頭打凹我的頭、用手掐我脖子的畫面。不過那個人是沒勇氣這麼做的。沒有比他還要殘酷的人了。挑起我萬千思緒，卻連自己的手都不想弄髒。他一定只會愣住，然後從我眼前離開吧？

在我這麼想的瞬間，我的淚水滴落了下來。那個人發出歡呼。

「你看到龍宮城的人來接你了嗎？」

他激動地問我，我點頭回答。

「是的……我看到遠處有令我懷念的祝儀樂團和舞者。」

「這樣啊。我什麼都看不到，你眼睛真好呢。」

那個人連聲音都破了，急急忙忙地將從我眼睛撒落的紅玉聚攏在一塊。真沒出息。無藥可救。而最令我啞口無言的，是流著眼淚的自己。

「來接你的船逼近了嗎？我還看不到喔。」

「人類的眼睛是看不見的。我看得見，看得一清二楚。」

「這樣啊，太好了，你總算可以回家了呢。要保重身體喔，別忘了我喔。」

都這種時候了，還說這種話。紅玉持續撒落。如果止得住的話，我還真想止住它，抓起終究不滿一萬的紅玉砸向那個人的臉，說：「你少瞧不起我了。」但我還是哭著。哭了又哭，哭個沒完。

最終，我的眼睛撒落了一萬顆紅玉。

那個人捧著裝滿紅玉、變得沉甸甸的箱子，欣喜到踩起小跳步來，連道別之語都沒說幾句就從我眼前離開了。那就是我見到他的最後一面。沒有然後了。

如今，我無法回到琵琶湖中，也無法回到那個人的池子裡，只能一直浸泡在水溝般的河川裡。今年冬天頗為乾燥。如果日照再持續三天，這條汙水河就會乾涸，我的身體也會乾燥、龜裂開來，最終會瓦解吧？感覺是個不錯的死法。既然如此，我真想乾到連一滴水都不剩啊。因為，我已經不需要再流淚了。

噬男者

食人鬼

「這下傷腦筋了。」夢窗國師獨自在樹叢中嗚咽著。

夢窗是一名禪僧。年紀很輕，身心健康，性情大膽豪放，碰上一些小意外也不會動搖。然而，他在美濃國行腳途中無人帶路，於山中徹底迷失了方向。山間綠意濃密，高度及腰的樹底雜草極為茂盛，拖慢了他的腳步。他在蔥郁的林木徘徊的期間，日光開始減弱。雖然他習慣行走於野外，至此還是不禁焦慮了起來。

就算要露宿野外，也不能睡在雜草如此茂密之處，起碼要有個稍微開闊一點的地方……就在他這麼想的同時，發現矮竹的另一頭冒出了一個像是稻稈屋頂的形影。

他急忙趕往那個方向，結果出現眼前的是一座小草庵，而且狀態破敗到讓人猶豫不知該不該以「庵」稱之。腐朽的柱子勉強支撐著半垮的屋頂，牆壁破洞，門口只釘著一張草蓆，徹底荒廢的模樣簡直不如馬廄。不知道誰在這種深山裡蓋了這座小庵？不過它看起來已長年無人使用，這點應該是不會錯的。然而，夢窗是彬彬有禮之人，還是細心地說了一句「打擾了」才輕掀草蓆。

「哪位呀？」

結果，小庵深處的陰暗角落傳來了人聲回應。

夢窗大吃一驚，定睛凝看，發現有個衣衫襤褸的老翁跪坐在鋪木地板上，整個人像是縮成一團。他的儀表令夢窗暗自屏息。這老翁瘦得只剩皮包骨，還活著簡直是不可思議。皮膚像燒過的稻稈般又白又乾，眼鼻的輪廓隱藏在深深的皺紋中，難以窺見其表情，光禿禿的頭上長著大大小小的咖啡色或灰色的斑。而且，小庵裡頭悶著一股令人討厭的氣味，有點像黴菌又像是腥臭。多麼令人毛骨悚然的情景呀。

「真……真是失禮了。我不曉得這裡有人住。」

夢窗立刻鞠躬道歉，並表明身分，拜託老翁讓他在門口附近借住一晚。然而，老翁完全沒經過考慮便搖搖頭說：「非常抱歉，我得拒絕你的請求。」他的聲音沙啞又細小，但態度堅決。「不過我另外告訴你吧。」他如此開場，然後仔細地告訴夢窗前往附近村子的路怎麼走。夢窗向老翁答謝，彷彿受到逐漸西沉的太陽催促似地，急忙離開了草庵。

夢窗按照老翁指示前進，不久後果然抵達了一個小村子。它彷彿悄悄躲在谷地，是僅有十幾戶人家的聚落。他向路上村民搭話後，立刻被帶到村長家，奉為座上賓。

村長家是聚落之中最大的房子，外表相當堂皇。不過，脫掉草鞋入內後，夢窗發現裡頭的空氣格外潮溼溫熱。定睛一看，宴客間內聚集了一大票男女老幼。應該有四、五十個人吧？眾人散發的熱氣使宅邸變得溫暖。所有人都不發一語，靜靜坐成一圈，似乎包圍著什麼。

夢窗很在意他們在做什麼，不過年輕的侍女什麼也沒說，立刻帶他到另一個房間去，讓他來不及提問。房間內擺著坐墊，稍早一直在走路、現已筋疲力竭的夢窗把它當成枕頭一躺，立刻就睡著了。

他到底睡了多久呢？

突然間，他睜開眼坐起身，注意到有個啜泣的聲音從房間外傳來。會是什麼事？他心想，拉開障子門後，一個單手持行燈的年輕男子快速湊上前來，簡直是用跑的。

「您醒了嗎？這位師父。請用這盞燈。」

仔細看，男人的眼睛紅通通的，似乎哭腫了。夢窗問他怎麼了，他邊吸鼻子邊回答。

「其實，我患病多時的父親在剛剛過世了……今天起，我就是一家之主了。村裡的大家聚集過來做最後的道別，接下來大家要一起出門。」

夢窗立刻雙手合十，為故人祈求冥福。但他頓時感到疑惑，又發問了。

「出門，是要去哪裡呢？葬禮要在寺廟內舉行嗎？」

「不……其實這座村子有個不太尋常的習俗。」

附近明明沒有別人在，男子卻似乎很尷尬，別開視線，悄聲說話。

「如果有人過世，當晚不能有任何人留在村內。我們有這麼一條規矩。呃，該怎麼說呢，因為村內會有怪事發生……我們會翻過山頭到隔壁村叨擾一晚，明天早上再回來。師父，您走了很長的一段旅路，應該很累，但還是請您跟我們離開吧。」

「那麼，令尊的遺體會被孤伶伶地擺在這一晚嗎？」

「是的。」

「那樣我過意不去。過世當晚竟然沒有人幫他誦經。我也是個出家人，我無法拋下遺體，不在守靈夜為他誦經。讓我留下來吧。」

「可是，師父，可能會發生可怕的事啊。」

「就算有魑魅魍魎現身也無妨。只要和往生者同在，便沒有什麼好怕的。起碼讓我做這件事來回報借宿之恩吧。請允許我為令尊守靈。」

新任家主還是堅持了一會兒，要夢窗一同離開村子，但最後選擇放棄，和其他村民走出宅邸。

空蕩蕩的宅邸內只剩夢窗一個人。他手持行燈進入宴客間，坐到被窩內的老人遺體之前。老人的身旁點著蠟燭，不過更引人注意的是一旁大量的糧食，裝在盆子或大盤子內的豆沙包和柿子乾等等。作為葬禮供品，量有點太多了。雖然有點奇怪，但或許是這個村子的習俗吧？夢窗自行接納了這個看法，調整好呼吸，開始用清亮的嗓音誦經。

誦經結束，憑弔儀式完畢後，他開始打坐冥想。夜深了，並沒有發生什麼不尋常之事。真的會有逼得全村人拋家走避的狀況出現嗎？

就在這時，燭焰突然搖曳了起來。

夢窗吃了一驚，想要回頭看，身體卻動彈不得。彷彿被一條隱形的繩子捆住全身，讓他連手指都動彈不得。明明沒有風，燭焰卻大大搖晃了好幾次。

嘰，嘰，嘰。地板發出的聲音從夢窗身後逼近。

行燈的火光，在牆上映出一道巨大的影子。它正在靠近。嘰，嘰，嘰。

它通過夢窗身邊，筆直地朝遺體旁邊的供品山前進。它像是黑色霧氣，也像是破布胡亂拼出的東西，看起來實在不像是生物，沒有眼睛也沒有嘴巴。水果腐爛般令人嘔吐的甜味在宴客間瀰漫開來。

夢窗依舊無法動彈，而那怪物當著他的面發出咕喳咕喳的下流聲響，開始大啖那些食物。它像飢餓的野獸般低賤，吃得食物渣滓四處亂噴，弄髒地板和棉被。

夢窗想閉眼也無法。怪物將供品山吃得差不多後，突然開始痛苦地扭動身子。

結果，黑霧般的身影漸漸凝固成人形，最後化為一名男子。

那是一個年輕的男人，肢體光滑，如蛇腹般豔麗，且一絲不掛。頭髮剃得很美，身形纖瘦，看似柔軟的手臂和臀部沒有任何斑，閃閃發亮。他的容貌俊美婀娜，會令見到的人大吃一驚。

男人對夢窗不屑一顧，從容地掀開遺體上蓋的被子，撥開死者和服下襬，自兜襠布內翻出他的那話兒，張開紅色的嘴巴含住。奇的是，人斷氣後那話兒理應不再有血液循環了，夢窗卻眼睜睜看著它在男人口淫的過程中逐漸脹大，彷彿還是活物。轉眼間它便挺立了起來，就跟血氣方剛的年輕人的陽具一樣。

男人當著詫異的夢窗的面，滿足地擦拭嘴巴，雙腳大開，跨到遺體上方，然後自己用手扳開雪白的臀肉，慢慢坐上勃起的那話兒上。

「啊。」沙啞的聲音傳來。

男人的屁股輕而易舉地納入死人的那話兒，他開始扭腰，一面發出淫蕩的聲音，一面與死者交合。

那動作完全沒有展現出一丁點羞恥和理性，完全受到煩惱與獸慾推動。侵犯死者的美妖男——這就是村民說的「怪事」嗎？他目擊的畫面實在太造孽、太褻瀆了，無法以「怪事」兩個字蔽之，令他無意識地在心中拚命誦經。

最後，男子發出格外高亢的聲音，背部顫抖，似乎攀上了快感的巔峰。不過屁股仍然含著死者的那話兒，在遺體上動也不動。

男人的眼睛陶醉地瞇起，紅色舌頭舔拭嘴唇一圈。他前屈裸體，雙手輕輕包覆死者的臉頰，彷彿要與他接吻。然後，他大大張嘴——大到嘴巴裂到耳邊，開始啃瓜子似地吞食悲慘的年邁死者，就跟大啖豆沙包或柿子的時候沒兩樣。

隔天早上，回到村裡的人們只看到宴客間內雙手合十、專心致志在誦經的夢窗。他眼前只有一組稍微散亂的枕被。遺體、供品、怪物都消失到別的地方去了。

夢窗把昨晚發生的事情說給新任家主聽。不過怪物侵犯他父親遺體一事，他略過不提。家主完全沒有表現出半點驚訝，只向主持守靈儀式的夢窗深深鞠躬答謝。

「您想必目睹了令人厭惡的畫面吧。不過我真的很感謝師父，多虧有您，家父得以順利成佛。」

「不足掛齒……不過像這樣的事情是從什麼時候開始的呢？」

「從好幾代以前呢。總而言之，人死後，我們非得將遺體放在村內一晚才行。如果不那樣做，全村都會面臨嚴重的災厄。不論死的是老人還是嬰孩，都得一律照辦。」

這時，夢窗突然想起山中草庵的那個老翁。看他那模樣，恐怕不久後也會與世長辭吧。到時候有親人會幫他準備供品嗎？他在意了起來。然而，當他向家主提起草庵時，對方瞪大眼睛，歪了歪頭。

「師父，您是不是記錯了呢？我經常進出那座山，砍砍柴，採採山菜，但我從來不曾看到你說的草庵和老爺爺啊。」

＊＊＊

家主和村民交付糧食給夢窗作為誦經的答禮，必恭必敬地為他送行，而他趁日光尚足時踏上旅程。在他眼前，通往隔壁村的道路和緩地延展開來。

然而，夢窗思考了片刻後折返來時路，通過村子，深入山中。

不好的預感來了。不過他也無法克制自己的心情：無論如何，他都要確認那老翁的真面目。

在茂密的樹叢中走著走著，那預感愈來愈強烈。矮竹散發出濃濃的溫熱草味，而先前那腐爛水果般的氣味突然混入其中，掠過夢窗鼻尖。

他抬頭，看到了那間草庵。

他丹田使力，握緊念珠，不發一語地掀開門口的草蓆。

「您來了啊。」

房間深處，披著襤褸布料的人影背對門口坐著。臭味愈來愈強烈了。

「老先生，我有些事想請教您。」

夢窗說完，老翁瘦弱的背龜速挪動，臉轉了過來。

「我知道。」

果然，那並不是一張布滿皺紋的老人之臉，而是夢窗昨晚見到的，侵犯屍體的美男子的面孔。每當他張開花瓣般鮮紅的嘴巴，四周都會有一股血液和腐爛內臟的臭味瀰漫開來。

「昨晚真是失禮了。讓您見到我低賤……無地自容的場面了。」男人說完，雙手撐地深深一鞠躬。

「你是故意把我引到那村子去的吧？」

「正是。」

「為何？我如果像現在這樣回來找你，你打算吃了我？」

「絕無此事。正好相反……正好相反啊。」

男人累壞似地呼出一口氣，仰起蒼白的面孔凝望夢窗。

「能否請您聽聽我悲慘的經歷呢？關於我這樣的怪物為何會在這座山裡住下。師父……我曾經和您一樣，是侍佛者。」

男人說，然後像眺望遠方般瞇起眼睛，唇間浮現淺笑。

「過去在這一帶，方圓數里之內只有我一個人堪稱僧侶，因此所有法事都由我設立在那座村子裡的寺廟主持，許多人源源不絕地翻山越嶺來到我這裡。不只法事，還有人會找我商量各種事情，從佛法要義到日常生活的煩惱都有……而我一一回應。每次都因而獲得布施、糕點、美麗的布匹或絲線等等，倉庫愈來愈滿。不知不覺間，比起累積修行，我變得更執著於增添倉庫的內容物了。我蓋出無比堂皇的寺廟，也穿上了無比上等的袈裟，獲得眾人尊敬。我說的話沒敢人反對。這不只是飲食或服裝方面，肉慾也一樣……我愛跟哪個男人睡、愛睡多少次，都在我轉念之間。形形色色的煩惱，我都能恣意耽溺其中。您也看見了吧……」

男人說到這裡打住，彷彿再也壓抑不住情感似地全身發抖，仰頭露出蒼白的喉間，彷彿重現了昨晚的痴態。

「啊……您看我的表情多麼肅穆。這也難怪。是的，我身為僧侶卻沉溺於煩惱、邪念之中，化身成人世間最汙穢的食人怪物。死後慾望仍不止歇，如今只能侵犯屍骸再加以吞食，才能抑制飢渴。我現在正在向您懺悔，但同時也……好想要……想要到不行……」

男人握住裸體上纏繞的破布，好像要將它撕碎似的，還一邊扭動身體，急促呼吸。

「你想要什麼？」

夢窗問道，男人便以閃著淚光的眼睛注視他，恍惚地說。

「在我看來，您是法力高強的僧侶。能否請您殺死我呢？我等好久了，我一直在等您這樣的人現身。請救我脫離這個地獄。請把從我無止境的飢渴中解救出來。用您的祈禱之力殺死我。如果您憐憫我，哪怕只有一滴朝露程度的憐憫，也請您在下殺手之後為我舉行施餓鬼儀式。」

男人說著說著，臉頰泛紅如桃，展露出淫蕩的笑容，夢窗見狀眉頭深鎖，不過他並沒有漏看對方眼眸流下的一顆淚珠。

夢窗看出那滴淚並無虛假。他明白眼前的男人是真心尋求救贖，於是閉上眼，握念珠，開始誦經。

誦經時間愈長，夢窗愈是心如止水。他專心致志地誦經，忘了目的是要殺死怪物，也忘了昨晚所見光景。突然間，他感覺到環繞四周的可憎臭氣消散了。

睜開眼睛一看，那個男人不在眼前，就連草庵也消失了。

夢窗發現，樹葉篩落的陽光下，有個長滿青苔的粗糙墓石，埋在林間雜草中。那是一顆非常古老的墓石，長久以來無人一顧，徹底遭到遺忘。

夢窗將村人給他的其中一粒豆沙包供奉其上，坐下來，輕輕合起雙手。

彈琵琶的男人——無耳芳一

你因為瞎了才去學琵琶吧？——每當有人這麼對芳一說，他心中就會升起一股猛烈的怒火。才不是！琵琶是我，我是琵琶。就算我的視力跟千里眼一樣好，我還是會手抱琵琶，他如此心想。

芳一的生活離不開琵琶。只有盤腿坐、抱琵琶於膝上撥奏時，他才能感受到自己活在當下。有句話叫「人馬合一」，而他當前是處在「人與琵琶合一」的狀態。吃飯和睡覺他都不中意，一切逼他放下琵琶的事情都教他心煩。

他從很小的時候就拜琵琶法師為師，接受嚴格的訓練，但他從來不把那看作修行，也不以為苦。他觸碰琵琶的第一個瞬間，身心便成了琵琶的俘虜。就算彈到手指破皮、肩膀抬不起來、喉嚨發不出聲音、被師父說先別彈了，他還是會繼續彈琵琶、繼續唱歌。芳一就是這樣的男人。所有人都認為，他是為了彈琵琶才降生到這世上的。

而現在，在靜默無聲的房間內，芳一只聞微弱的餘音和呼吸聲，將撥子放到膝上。

「太好了，太好了，實在太動聽了。」溫厚的讚賞之聲傳來，芳一靜靜低下他的光頭。

芳一年紀輕輕技巧便超越師傅，早早踏上獨立門戶之路。然而，由於他少不經事，光是要餬口便費了好一番工夫。會彈琵琶但不諳世情的他，演出後有時拿不到相應的酬勞，有時遭到欺騙，也曾在旅途中被搶劫財物，際遇悽慘。

這時向他伸出援手的，是位於赤間關的阿彌陀寺的住持。這位住持喜愛詩詞、歌舞音曲，甚為欣賞芳一的演奏，得知對方生活困苦後，立刻提議讓他住進寺內一室。芳一心懷感激地接受，成了阿彌陀寺的寄居者。

寺中生活十分安穩。每一餐都由寺裡供應，房間打掃和日用品的打點都由雜役處理。芳一只要在住持要求時演奏琵琶，就能保有每一天的下榻處和飲食。

「哎呀呀，就算找遍全國各地，也找不到您這樣的名家吧。」

衣物摩擦的聲音響起，線香味逼近。一隻乾瘦又溫煦的手，搭上了芳一仍握著撥子的手。

「能和您這樣的名家相遇，都是因為佛祖保佑……我是這樣相信的。」

儘管房間內沒有其他人在，住持的聲音仍細如呢喃。溫厚的性情和親切感從他的嗓音流露而出。不過在芳一敏銳的耳朵聽來，那嗓音的深處有依稀可聞的潮溼音色。

芳一雖然年輕又不諳世事，他還是理解那音色的意味。決定接受阿彌陀寺的照顧時，他就已經做出了一定程度的覺悟。

只要能夠彈琵琶，這具身體受到什麼樣的玩弄都無所謂，他這樣想著。不過住持很克制，不會使出摸手之外的伎倆。

這時，障子門另一側的走廊傳來寺內雜役的呼喚：「和尚大人，和尚大人，您在嗎？」住持猛然退後。

「之後再聊吧……」

住持尷尬地撇下這句話，離開了房間。

芳一嘆了一小口氣，然後豎耳傾聽。掃著庭院的掃帚聲、讀經聲、夏蟲的叫聲，滔滔不絕地淹沒了前一刻還在他胸中迴盪的，懇切的琵琶音色。

芳一重新握好撥子，打算再次彈奏琵琶，卻又突然轉念，靜靜站了起來。

拄枴杖，筆直走在從寺門不斷延伸的小徑上，海濤聲傳入耳中。還有海鳥啼聲和風吹過松林的颯響。草鞋所踩的地面逐漸變成柔軟沙地，芳一感覺到海灘近了。他讓海風吹在臉上，心中浮現他至今已背誦萬遍的曲子的開頭。

祇園精舍的鐘聲
具有諸行無常的聲響
沙羅雙樹的花色
顯現盛者必衰之道——

芳一最擅長的，就是吟唱平家一門由隆盛至滅亡的故事。平家走到盡頭，年幼的天子和二位尼一同落海的壇之浦那一段，尤其為人稱道。聽說所有人聽了都會以衣袖拭淚。芳一離開出生長大的土地，來到這赤間關是有原因的。他現在所在的這片沙灘、這片大海，正是幾百年前平家的滅亡之地——壇之浦之海。

在熾熱的夏季陽光曝曬下，芳一靜靜傾聽浪濤聲。當中有沒有什麼氣息，能助他遙想過去呢？明知這是不可能實現的願望，他還是不斷尋找著那聲音。

遠處傳來幼童喧鬧的聲音，是螃蟹，是螃蟹。

他聽說這海灘上的螃蟹有著神似人臉的甲殼。漁夫們煞有其事地交頭接耳道：那一張張因憤怒而扭曲的臉孔，一定是在這片大海走上絕路的平家武士的怨念轉移過去的。在此之前，芳一幾乎不曾希望自己的視力恢復正常，不過聽聞此事後，他打從心底渴望看看那些螃蟹的模樣。一度享盡榮華富貴的家族，在末路之海葬送性命。那怨念會是多麼強烈呢？要是能感受到一丁點也好……

詢問海風也得不到答案。不過芳一還是靜靜聆聽了一陣子浪濤聲。

某天晚上，發生了這麼一件事。大街上的檀家[5]要舉辦葬禮，住持和寺內雜役為此一同外出，命芳一獨自留守。

那天從早便無比悶熱．靜止不動也會有汗水滲出皮膚。為了多少爭取一些涼

5　固定布施給寺廟的施主家庭。

意，芳一坐到離大海最近的那側廊台，抱起琵琶，不過平常會吹來的舒爽海風在這天也止息了。

然而，噹，當他撥響弦時，風突然吹了起來，潮水的氣味以及些許類似血腥的氣味掠過了他的鼻尖。

「芳一。」

突然有男人的聲音呼喚他，嚇得他全身僵硬。

「叫芳一的人就是你嗎？」

那聲音低沉而響亮，語帶威脅般強硬，極像習慣命令他人的上位者說話方式。芳一的身子縮成了小小一團，抱著琵琶往聲音傳來的方向鞠躬。

「是的，我就是芳一。請問是哪位大人在呼喚我呢……？」

「我乃受主公之令前來。他為了參訪壇之浦會戰的遺跡，正逗留此地。他的身分極為高貴，不能向你透露。他聽說住在此寺的琵琶法師芳一所唱的琵琶曲頗有水準，要我傳喚你過去。你現在就跟我一起去他的宅邸吧。」

事出突然，芳一一時說不出話，不過聽到男人的腳步聲，他便明白對方確實是武士。為避免平白招致對方不快，他連忙捧起琵琶和撥子，穿起草鞋下了廊台。

「那我要走囉，跟上。」

「呃……在下是盲人。能否請您拉我的手前進呢？造成不便，我萬分抱歉。」

「……這樣啊。好。」

不過一眨眼的工夫，嬌小的身軀連同琵琶一起浮到了空中。芳一在察覺自己被抱起來之前，男人便邁開了腳步。

「啊，呃，請您放我下來，讓武士大人做這種事，我承擔不起……」

「上頭的命令是要我盡快把你帶到主公面前，刻不容緩。如果配合盲人的腳步前進，到的時候天已經亮了。」

男人咬牙切齒地說，走得更快了。

芳一放棄掙扎，抱緊琵琶避免它掉落。他像小貓般繃緊身體，靜止不動。輕輕鬆鬆扛起一個成人的那條臂膀，以及半身的胸膛，都非常堅硬冰冷。對方每跨出一步，腳下都會傳來喀啦喀啦的誇張聲響。看來男人身著一整套的甲冑，全副武裝。以這樣的打扮前來寺廟當差使，看來他應該是負責警備的武士之類的吧？他的刀大概佩帶在腰間，如果剛剛拒絕他的提議搞不好會被斬殺。芳一背脊打了個冷顫，身子縮得更小了。

一陣子過後，男人突然停下腳步，將芳一放到地面上。

「開門！」

他用天空也為之震動的大音量發出呼喚，接著眼前傳來嘎吱聲，似乎有扇沉甸甸的門開啟了。咦？芳一在內心裡歪了歪頭。那似乎是相當大的一扇門，但在這幽靜的小城，除了阿彌陀寺之外應該就沒有那麼大的建築物了。自己到底被帶到了什麼地方？他不安了起來，不禁開始摸索男人的身體，打算躲到對方背後去，結果被使勁抓住了手腕。

「有人在嗎？我帶琵琶奏者過來了，帶他去主公面前。」

嘩，大海的氣味再度傳來。但只有短短的一瞬間，接著就傳來了慌忙的、小小的腳步聲，還有女性七嘴八舌的說話聲。感覺很昂貴的化妝品、甜香等氣味也飄了過來。由用字遣詞來判斷，她們肯定是高貴華邸中的女僕，不會錯的。

「這個人會帶你到主公面前。切莫對主公失禮啊。」

男人在芳一耳邊說。他的嗓音很可怕。雖然可怕，卻又清亮得很美妙，是韻味無窮又好聽的嗓音——芳一接著察覺到這點，差點忍不住將耳朵湊得更近，不過男人再次用力抓住他的手，讓他觸碰又冰又小的女人之手。

她要芳一脫掉草鞋，他照做，接著在女僕的牽引下穿過很長、很長的走廊，地面磨得極光滑，根本感覺不到木板接縫。他們轉彎繞過數不清的柱子，一直走個不停。這到底是多大的宅邸呢？就在他走到快筋疲力竭的時候，總算聽到障子門拉開的聲音，有人命令他進去。

裡頭安靜無聲，但芳一的耳朵感覺得到這裡有許多人在場。所有人的呼吸都繃緊了神經，依稀可聞布料摩擦聲、清喉嚨聲。他還知道有無數雙眼睛盯著自己看。他們催他跪坐到坐墊上，他於是吞了口口水滋潤因緊張而乾燥的喉嚨，就坐。

「據說，你會以琵琶伴奏，吟唱平家物語？」

那是凜然而充滿威嚴的年老女性嗓音。芳一像飛蝗般敏捷地磕頭，現下他唯一能做的就是展現必恭必敬的態度了。

「請抬頭。今夜，我的主君有意聆聽你的琵琶和歌曲。你就盡情演唱吧。」

芳一身體僵硬，但他還是在坐墊上改踩盤腿姿勢，擺好琵琶。突然間，他的敬畏和緊張突然都消解了，毫無不安的心情取而代之。琵琶彷彿給了他力量，讓他感受到平常「人與琵琶為一體」的踏實。他順勢挺起腰桿，開口了。

「平家物語，從頭唱到尾得花好幾個晚上。主君有沒有特別想聽哪個段落呢？」

過了一會兒，年老女性靜靜開口。

「唱壇之浦那段吧。」

一陣騷動如漣漪般在宴客間擴散開來。

投注在芳一身上的視線變多了，氣氛又更熱烈了。這位大人真的想聽我的琵琶——芳一如此領會，接著難以形容的熱流在他體內沸騰了，那是只有在彈琵琶時才會傳遍他全身的滾燙感。下一個瞬間，撥子吸住手指，膝上琵琶被芳一穩穩抱著，彷彿是他身上長出之物。手指在琴柱與弦上輕巧滑動，接著，噹，他彈出了第一個音。

源平交戰定於

元曆二年三月十四日卯時

豐前國門司赤間關——

布滿海面的船隻、乘坐其上的武士的鎧甲鳴響、划槳手的吆喝、浪濤聲、船首與船首的摩擦——語言無法描述的這些樣態，被琵琶鮮明地演奏出來。隨著歌曲推進，交錯的飛箭、劍戟鏗鏘，甚至戰死者的臨終慘叫和消失在海浪間的男人們的最後掙扎，都被巧妙地表現了出來。漸漸地，原本安靜無聲的宴客間內開始有人發出感動到無法自拔的聲音。

「多麼驚人的聲音啊。我彷彿在戰場上。」

「這聲音，這吟唱的口吻，我從沒見過這麼了不起的歌者。」

大家七嘴八舌地讚美琵琶聲和歌聲，甚至有人忘了該正襟危坐，開始用手或膝蓋跟著打拍子。聽到那些聲音後，芳一也更加賣力演出，熱切地唱出以血洗血的戰場慘狀，唱到他也自認端出了有史以來最好的表現。

接著，他終於進入了平家的女人們領悟自己已踏上絕路、紛紛投海的段落，結果四面八方傳來啜泣聲，男女皆有。

此國乃粟散僻地　憂心之境
容我帶您前往名為極樂淨土的美好之處吧

唱到二位尼請年幼的安德天皇稱念佛號，然後抱著他跳入染血大海的段落時，四周傳來怒號般的哭聲，甚至有人捶打地板，芳一更大的音量也毫不遜色，哀切地演奏出壇之浦的悲劇。他狂亂地彈奏，手指彷彿都要扯斷了。

曲子尾聲，最後一撥使一根弦斷裂彈飛。

就連這部分都讓滿座的貴人發出喝采，擊扇鼓掌，簡直像一票粗暴的山賊不斷地歡呼。

芳一的太陽穴流下了汗水。

這是他的第一次。第一次在如此狂熱的聽眾面前彈琵琶。他的肌膚發麻，心臟激烈跳動，心情像是飄在空中。

就是這個。我就是為了這個，才彈琵琶到現在的。這熱情。這啜泣。猛烈的情緒活跳跳地撲面而來……這跟在阿彌陀寺只用指尖撥奏給和尚大人一個人聽的情況天差地遠。這就是琵琶法師該做的事。這就是我——

「芳一啊。」

年老的女子呼喚他的名字，他吃了一驚，連忙坐挺身體。

「你的表現就跟傳言說的一樣高明……不對，是更加精采。找遍全國也找不到琵琶、歌藝能與你並駕齊驅的人吧。我的主君也滿意至極，考慮賜給你相應的謝禮。」

「小的不敢當……」

芳一伏身磕頭。那位主君至今仍未出聲，無從得知其地位，但芳一明確感覺到對方的視線不斷投在自己身上。

「芳一。我要你往後六天，每晚都在主君前演奏琵琶。只要你照辦，這位大人就會賞賜你你想要的東西，不論是財寶或其他事物，他都會讓你滿載而歸。我們明晚也會像今夜這樣，派人去接你過來。」

芳一將仍舊汗水淋漓的額頭叩在地面上，表示小的明白了。然而，年老女性突然又將威嚴放回嗓音中，對幼子悉心囑咐般地說。

「聽好了，芳一。今晚的事不可以告訴任何人喔。因為，我們主君是暗中逗留此地，對外說法是他不在赤間關。答應我，絕對不可以把這豪邸的事情說給任何人聽，也不可以說你在這抱琵琶彈唱喔。」

芳一再次深深一鞠躬。

他再度走過好長好長的走廊，才好不容易回到脫草鞋的地方。當初去寺裡接他的男人已經在等他了。男人散發出多說無益的氣息，跟來時一樣將芳一的身體橫抱起來。不過，男人不再像稍早那樣粗魯對待他、當他像一件行李，而是像抱小孩那樣妥善地支撐著他的背和臀部，然後邁開大步緩緩前進。

男人沉默了好一陣子，呼吸有條不紊，不斷走著路，就在芳一覺得差不多快到阿彌陀寺時，男人突然放慢了腳步。

「……你還相當年輕不是嗎？」

芳一被他這麼突然一問，以僵硬的動作點點頭，然後回答：我只是個小伙子。

「年紀輕輕，為何有辦法唱那種歌……簡直像一路見證戰場似的歌。」

「小的只是不斷累積，不斷練習罷了。」

「你現在說話的聲音簡直像蚊子、蜻蜓或小老鼠。為什麼拿起琵琶發出的聲音會有穿山之勢？」

「我不知道……我只是，只是不斷練習。」

「你那樣耍嘴皮子，是想矇騙我嗎？」

男人的說話聲變得凶狠，似乎很不耐煩似的。他停下腳步，突然就把芳一放到地面上。

「你到底是什麼人？為什麼你這麼枯瘦的身體，能像剛剛那樣連續彈琵琶、唱歌好幾刻都不休息？」

喀沙一聲傳來，似乎有什麼掉到了地面。答，某種冰冷的東西抓住芳一下巴，往上一抬。是男人脫掉了手甲，赤手觸碰他。

「不管我東看西看怎麼看，你都只是個普通的小和尚呀。為何……為何你能像剛剛那樣唱歌，那樣彈奏？你看到了什麼？你看到那場會戰的什麼？」

男人的嗓音微微發抖。芳一徹底嚇壞了，臉色鐵青，拚命搖頭。

「請您不要捉弄人了。我是個盲人，天生眼盲，我什麼都沒見過，這對眼睛不曾映入任何畫面。」

「不對，你都看到了。對吧？不然的話，你為何……」

就在這時，遠處農家傳來了第一聲雞啼。男人倏地鬆開手，只撇下一句：

「今晚別忘了先做好準備。」便離去了，腳步聲聽起來像是用跑的。

芳一赫然回神，發現自己已回到阿彌陀寺的廊台，他最早和男人對峙之處。

接著他的腦海立刻變得一片朦朧，像在夢裡似的。脫掉草鞋、放下枴杖後搖搖晃晃地爬上自己的房間，連清理腳底泥巴都省了，他直接倒在薄薄的棉被上，昏厥似地睡著了。

過中午後醒來，他首先想到昨晚的事搞不好是一場夢，接著卻發現擺在枕邊的愛用琵琶斷了一根弦，於是確信那是真有其事。

幸好，寺裡的人似乎都沒發現芳一晚上外出，到凌晨才賦歸。他幫琵琶換好弦，盛水淨身，依照吩咐絕口不提昨晚發生的事，只管等待太陽下山。

「芳一。」

日落蛙鳴之時，男人的聲音又從不明的源頭傳了過來。芳一想到他們今天清晨的對話，有些害怕，但被他強而有力的臂膀抱起來之後，也只能任人擺布了。

「主君在等你，我今晚會稍微趕路喔。」

男人說完話便邁開步伐，簡直是在奔跑了。

「呃，那個，我會不會很重呢？」

芳一忍不住提問，但男人沒有回答，只顧著走路。他後悔自己問了這個蠢問題，再次像小貓般縮成一團，乖乖依偎著男人的胸膛。

儘管隔著鎧甲，他仍能感覺到對方身軀巨大、健壯，是個威風八面的武士。

好想觸碰他——這念頭來得唐突，卻無比強烈。

這個嗓音悅耳又力大無窮的鎧甲武士，究竟長什麼樣子呢？芳一想觸碰他的臉，確認這件事。如果那麼做，最慘就是人連琵琶一同被劈成兩半吧，但他寧可冒這種危險也想看看那男人的臉。這感覺非常強烈。

芳一好幾次忍住想要伸手的強烈衝動，就這麼被帶進了昨晚那間豪邸，在女僕牽引下來到宴客間。對方要他再彈壇之浦那段，他奉命照辦，又在眾人的狂熱和讚美中彈唱，將海上會戰和平家滅亡的瞬間訴說完畢。

回程他還是被同一個男人抱著，在他懷裡晃悠，吹著夜風。

彈奏琵琶期間，芳一盡全力豎起耳朵，留意男人的聲音。這強悍的貴人聽了我演奏的壇之浦也會嘆息、泛淚嗎？如果會的話，芳一無論如何都想聽聽他吐氣、流淚的聲音。

「呃……如果可以的話，請告訴我您叫什麼名字。」

芳一下定決心開口了。

「您一再送我來去，我就算想道謝也不知道您的名字，這樣很不便。」

「沒必要道謝。不過是個小和尚，說什麼大話。我只不過是聽從主君命令行事。」

芳一自覺又說了蠢話，很想一頭鑽進地洞裡。後來到阿彌陀寺的路上，他都一直默不作聲。

然而，男人把他放到感覺像是寺前的地面上後，又脫下了手甲，赤手輕輕撫過芳一的頭和臉頰。

「我不會報上姓名。不過今晚我必定會來接你……明白了吧。」

他的嗓音，他的觸碰方式，蘊藏了語言無法表達的百感交集。這位貴人確實在那宴客間聽了自己演奏琵琶。而且他很欣賞。芳一心中冒出這個強烈的感受。冰冷的男子之手以近乎笨拙的動作，溫柔地觸碰芳一看不見的眼睛、靈敏的耳朵，彷彿在確認什麼。然後便隨著第一聲雞啼離去。

芳一就這樣作夢似地回到阿彌陀寺，但不巧的是，他半夜溜出寺外的事情在這一天穿幫了。隔天早上，芳一立刻被叫進住持房間，他挺胸跪坐。

「芳一啊，你昨晚到底去哪了？像你這樣的人半夜獨自外出，到早上才回來，實在太缺乏常識了。我很擔心你啊。你之前如果要出遠門辦事，我都會找個雜役與你同行，為何這次一個人在大半夜外出呢？」

住持的語氣非常客氣，但芳一繃緊腳趾，只管伏地磕頭。

「小的萬分抱歉。我有必須立刻去辦的急事，才夜半出門。不過我沒做什麼虧心事。造成您的憂慮，我向您磕頭道歉，請原諒我……」

不管住持說什麼，芳一都只是低著頭，不肯表明理由，頑固得令住持大為詫異，不過他很快就讓芳一退下了。芳一滿腦子只剩兩件事：為熱情的聽眾演奏琵琶，以及去回的路上讓那雙強壯又溫柔的手臂擁入懷中。

天黑的同時，下起了豪雨。芳一坐在廊台，和琵琶一起心神不定地傾聽外頭的聲音。雷雨如此激烈，那位貴人搞不好不會來迎接自己了。如果真是如此，那該如何是好？他有辦法靠著枴杖自己走到那豪邸去嗎……？正當他思考到一半，突然有人抓住他的肩膀。

「芳一，準備好了嗎？」

「啊……我等您一陣子了。沒想到您會在這樣的雨勢中前來接我。」

「我不會違反約定。我應該說過吧？一定會來接你。」

「是的，的確，您的確那樣說過。」

芳一此時甚至露出了淺笑，自己投向了男人的臂彎。他很想彈琵琶，然而，他也希望這段路能永遠持續下去。心願同等強烈，他自己都嚇了一跳。

「身體會淋溼，忍耐一下啊。我沒有斗笠。」

「我不要緊的。不久前我還是露宿街頭之人呢。」

芳一說完，男人發出大大的悶笑，幾乎要蓋過雨聲了。

「您為什麼要笑呢？」

「像你這樣的小和尚露宿街頭，難道不會被貓吃掉嗎？」

「我不是老鼠，老鼠不會彈琵琶。」

「別臭臉，我只是在開玩笑啊。」

嗓音無法掩飾的笑意，滲入他那番話裡，讓芳一臉頰熱燙無比，連雨水都無法冷卻。

芳一抵達宅邸，脫下草鞋，被交託給女僕之前，男人用力握了握他的手。

「今晚我會直接在這裡等你，你盡情去唱吧。」

「您不在宴客間聽嗎？」

「我這裡也能清楚聽到你的琵琶聲，就跟直接在我旁邊彈奏沒兩樣。你去吧。」

他的聲音，在芳一聽來已經一點都不可怕了。儘管看不到臉，芳一還是知道對方露出了淺淺的微笑。他瞬間忘了自己身在何處、要來做什麼，差點纏著他苦苦哀求。我想要你聽我的演奏。比起主君、其他高貴的大人，我更想讓你聽……

然而，女僕已牽起芳一的手，儘管依依不捨，也只能乖乖沿著走廊前進。今晚，主君也想聽壇之浦那段。待在宴客間的貴人們是同一批，大家卻懷著第一次聽似的期待和興奮包圍芳一。

為什麼那麼想聽壇之浦呢……？他突然好想提問，但讓貴人們以為他在唱反調是萬萬不可的。他調整好心情，握住撥子。

芳一邊彈邊唱，在這幾天內明確感覺到：壇之浦已漸漸融入他體內。他的肌膚都感受到了。戰場的悽慘、熱氣、血味，都更加活生生地從自己體內湧出了。他不曾上戰場。也不曾和人賭命廝殺。他卻彷彿看得見：血染通紅的大海，還有一個武士站在將沉之船的船首，用全身上下擋箭，同時揮舞大刀，發出宏亮的聲音。那個男人——

「芳一！芳一！」

突然有人大喊，同時從身上架住芳一的雙手，使他發出了慘叫。

「你要做什麼！放開我！」

曲子還沒有結束。他還得繼續彈奏才行啊。

「芳一，你大錯特錯啊。來，我們回去。你要是不馬上離開這裡，會出大事的啊！」

那肯定是阿彌陀寺的其中一個雜役發出來的。

「放開我！你要是在這些高貴的大人面前做出無理的舉動，我可不會饒過你！」

芳一拚命掙扎，試圖從寺內雜役手中逃走，但對方力氣很大，半拉半拖，就快把他帶出宴客廳了。

「來人啊！」

芳一高呼。宴客廳內理應有一大票聽眾，卻沒有任何人出聲。

「來人啊……！」

芳一想要呼喚那個男人，然而，他不知道對方的名字。

被雜役拖回阿彌陀寺後，芳一立刻被帶到住持的房間去。他一開始像是發高燒意識不清般大鬧，堅持要人帶他回到宅邸去。不過後來漸漸冷靜下來，喝了杯熱茶後變得垂頭喪氣，像是終於想起自己人在何處，不再吵鬧。他也明白自己再也無法隱瞞真相，開始一字一句地道出事情原委，從那個男人首次到來的夜晚說到現在。

「芳一……你現在碰上了極為可怕之事。剛剛搞不好差點就要丟掉性命了啊。」

住持聽完他說話後，用強硬的語氣說。

「可是，我完全沒有受到暴力相向，他們只是找我過去彈琵琶……」

「我不知道眼盲的你三更半夜出門去哪，甚為擔心，因此叫寺裡的人跟在你背後。結果他說，你坐在空無一人的墓地獨自彈著琵琶。呼喚你的肯定是亡者之靈。不會錯的，你被亡靈誆騙了。」

芳一臉色鐵青，說不出話。什麼亡靈？不可能的呀。那位大人確實將自己擁在懷中呀。

「你以為你在哪裡彈琵琶？是在安德天皇的陵墓前面啊。」

「……！」

芳一說不出話了，一面顫抖一面將手按在地面上。在壇之浦那段故事中和二位尼一同落海的年幼天子不是別人，正是安德天皇。

「引你過去的，大概是平家一門的亡靈吧。他們肯定知道你會彈琵琶唱平家物語，所以才想作祟殺你。今晚我很想陪在你身旁，但我非出門不可，有人委託我主持法事。不過你大可放心，我會在你身上抄寫經文，保護你不受非人的存在侵擾。」

芳一邊聽住持說話邊拚命搖頭。

「可是……可是我和他們約好了，我答應要抱琵琶彈唱六天——」

「你還不懂嗎？」

住持用不尋常的大嗓門怒吼，芳一嚇得肩膀一抖。

「你要是繼續聽亡靈的話，就會被大卸八塊，身體、靈魂、一切的一切都會被吃個精光啊。那樣你就再也無法彈琵琶了。也無法成佛。你也會化身為迷途於無明之中的亡靈啊！」

芳一眼眶泛淚。

「我錯了……拜託你救救我……拜託你……」

再也無法彈琵琶比身體碎裂、化身為亡靈，比任何事都還要難受。芳一在住持面前雙手觸地，深深磕頭。

以井水淨身後，芳一一絲不掛、赤身裸體地站在住持面前。他四周飄散著剛磨好的墨的氣味。

「我現在要在你身上寫滿般若心經，這是一種無上尊貴的經文。如此一來，亡靈便再也看不見你的身影。看不見你，就會放棄糾纏你了。」

芳一無言地點點頭，朝住持前方跨出一步。

「真美……」

喃喃自語般的聲音摻雜著嘆息。房間內除了住持，似乎沒有其他助手在。

「這麼美麗……年輕的肉體，佛祖也肯定不樂見它成為亡靈的餌食……一定是的。」

住持的筆尖貼上芳一胸口。

「……」

墨汁的冰冷令他起了雞皮疙瘩。

「觀自在菩薩　行深般若波羅蜜多時　照見五蘊皆空」

毛筆隨著誦經聲滑動於肌膚上。芳一咬唇合掌，忍耐肚子深處癢癢的感受，在心中一同誦經。

「度一切苦厄　舍利子　色不異空　空不異色　色即是空」

住持說寫滿全身，確實無誤，毛筆甚至伸到雙腿之間草草書寫，連他的那話兒都沒放過。芳一專心致志地誦經，以免敗給那詭異的觸感。

日落西山了。

住持和雜役外出去幫人辦法事，芳一被獨自留在寺內。抄了經文的裸體上披著薄薄的透明絽[6]衣。他靜靜打坐，琵琶和撥子放在他身旁，彷彿護身之刀。

絕對不可以動。絕對不可以出聲。住持態度強硬地屬咐他。般若心經的力量會使得亡靈看不見芳一，但無法消除他的聲音。盲人會仰賴一丁點聲音推敲狀況，亡靈也是如此，芳一光是咳個一聲就會被對方掌握所在之處、大卸八塊——住持用諄諄教誨的語氣對芳一說。

「芳一。」

匡啷，具甲的聲音和那嗓音一同傳來了。芳一使力繃緊脖子，拚命地封閉耳朵和內心，希望自己不要聽到對方的聲音。然而——

「芳一，芳一，你不在嗎？」

那聲音逐漸逼近。似乎透露出錯愕，還摻雜著一點焦慮，他尋找著看不見的芳一。

「芳一……」

未脫鞋的腳步聲，來到了咫尺之處。沉默一會兒之後，噹，琵琶的弦突然響起，芳一嚇得縮起肩膀。琵琶上沒有抄經。男人肯定只看得見主人不在的琵琶。

「芳一，你不在嗎？還是……你假裝不在？」

男人的嗓音又變得更低沉了。他搞不好發現了——也許已經知道芳一藉助佛祖的法力隱身。知道芳一拒絕他的迎接。

芳一克制發抖的身體，繼續在心中誦經。

「芳一。」

就在此時，突然有像結冰般冰冷的手指碰觸了他的耳朵。

---

6 改良自紗的布料，製成的衣服多用於盛夏穿著。

「我看不見你的身影，聽不見你的身影……只有耳朵在此處，但不見耳朵主人的蹤跡。」

芳一額頭流下一道汗水。耳朵！住持忘了在耳朵上抄經。如今在那男人雙眼裡，只見芳一的耳朵懸浮在空中吧，肯定是這樣的。

「可是，會有耳朵在但主人不在這種事嗎？芳一……芳一，你在哪裡？」

男人的嗓音近到不行，簡直是直接灌入耳道中。先前芳一想要不斷聆聽的嗓音，如今以世上最恐怖的聲調呼喚著芳一。

男人的手指使出鉗子般的力道揪住芳一的耳朵，彷彿隨時會將它們扯下來。芳一差點就要大叫「我在這」了。

「芳一……芳一。琵琶奏者啊，小老鼠啊。」

短短一瞬間，男人的嗓音變得輕柔，充滿愛意，就像他抱著芳一前往宅邸途中時。在他驚訝地倒抽一口氣的剎那，對方更加用力地猛扯。

「既然只有耳朵在，那我就帶走耳朵吧。這麼一來，我的主君肯定也會服氣了！」

他扯開惡鬼般的大嗓門，瞬間將芳一的雙耳從身上扯下。

芳一沒有發出慘叫。

因為他聽出來了，男人的嗓音充滿了全力擠出的憤怒和悲傷。

芳一因疼痛和失血而昏厥前，那被扯下的耳朵接收到了微弱的聲音。

「——我再也聽不到你的歌了呢。」

那是平靜海面小波浪般的，寂寞的嗓音。

結束法事歸來的住持和雜役發現流血倒地的芳一，連忙找來大夫治療他。住持一再為自己的疏漏道歉，磕頭磕到像是要折斷身體了。芳一微笑推託，反而一再道謝：沒關係的，我的命還在，多虧有和尚大人。

不久後，芳一耳傷痊癒，這離奇的逸事一傳十、十傳百，變得廣為人知。大家都稱芳一為「無耳芳一」，給予他莫大的好評。國內各處的人都聚集過來聽亡靈也為之著迷的琵琶彈唱，芳一收到的金錢和禮物堆積如山。他成為了聲名遠播的琵琶法師，也發了大財。

如今，芳一坐在豪華的廳堂內，身穿高級和服，彈著琵琶。

然而，那個強壯但嗓音溫柔的男子，已不在聽眾之列。

等待之人會來——和解

「宮……我不是討厭你，更不是什麼玩膩了，是上頭的命令啊，我無法違抗。就只是這樣，沒辦法呀。體諒我一下，好嗎……？」

那是飄著小雨的早晨。在不漏雨處的棉被上，有兩個赤條條的男子躺臥著。兩人都還很年輕，綁成束髮的髮絲也都漆黑油亮。脫下後散落在被窩四周的衣物都很寒酸，滿是補丁。

「何必說什麼『好嗎』，我打一開始就沒嫌東嫌西，不是嗎？那是勝次郎先生決定的事，我沒得說嘴。」

被喚作宮的男子說。他看起來更為年少，邊說話邊慵懶地打呵欠。他的眼角豔色十足，小小的臉長著和氣的五官，不過眼神似乎很老成，隱約透著憂慮。

「什麼啊，那我娶老婆跑到別的地方去，你也不在乎嗎？真是薄情的傢伙呀。」

「也不是不在乎，但你要是待下來也只是繼續過貧窮的生活罷了。如果有什麼誘人的機會就別管我，去釣個富家女不是很好？」

「說得真輕鬆啊。我今天可是懷著被捅一刀的覺悟來的啊。」

「真是奇了，被捅得很慘的人是我耶。」

「別把事情混為一談啦。你可是被提分手還順便被上耶，都不會不爽嗎？」

「生氣也只是讓自己更洩氣，一點好處都沒有啊。我要是有那種精神，我就洩別的東西。」

宮邊嬉笑邊鑽入被窩中，開始窸窸窣窣進行不像話的惡作劇。

「啊，喂，蠢蛋，別人認真說話的時候你在搞……啥、啊——」

責怪的語氣立刻就變成了緊迫的喘氣聲，原本漸漸變冷的皮膚開始發燙，兩名年輕男子又交纏了一會兒。被喚作勝次郎的男子一開始只是讓對方上下其手，但接著馬上撲倒宮，貪戀他瘦弱的身體。

完事後，他們注意到雨不知何時已停了。柔和的陽光自天花板或牆壁的隙縫間照入。宮還趴著，而勝次郎注視著他背上的光之斑紋，然後說。

「……我走之後，你有什麼打算呀？」

「在擔心你準備拋棄的男人啊？」

「你這傢伙真討人厭。像你這樣的大色胚，過沒男人的生活也撐不了三天吧？你會不會自暴自棄結果被哪個廢物釣走啊？這是我唯一擔心的事啊。」

「哎，這次我會讓更闊綽的老爺來疼愛我的。我也差不多窮膩了，真想要像大商行養的貓那樣隨心所欲過活呀。」

「……我說啊。」

「怎麼啦？」

「過去真對不起呀，各方面都是。」

宮身體不動，只把臉轉向勝次郎，露出看到小嬰孩似的溫柔笑容。

「有什麼該向我道歉的事嗎？」

「問我有什麼？當然有啊。我和你……在一起的時間並不短。我也不想走啊，說實在的。我也考慮過帶著你逃跑，比方說到某個城鎮去做生意過活。可是——」

「別說啦，太難堪了。世上哪有執著於男人的屁股、拋開忠信的武士啊？反正我們只是金盆洗手的陰間[7]和貧窮武士湊在一起，勝次郎先生應該打從一開始就知道這一天遲早會來臨吧。」

宮收起笑容，眉頭深鎖，視線從勝次郎身上別開，大嘆一口氣。

「剛剛也說了，我已經對這破爛屋子裡的生活厭煩至極了。我原本就在想，應該要趁我還有青春和美貌，勾引某個稍有年紀的寡婦，開始做點生意。該上岸啦該上岸啦，你提分手對我來說是順水推舟呢。」

情人展現出一副對自己棄之敝屣的態度，讓勝次郎感到煩悶，不過他也無法多說什麼。

勝次郎上路的那天，宮的身影並不在送行的行列之內。

（真薄情的傢伙，實在是。）

他們相好這麼多年，勝次郎偶爾會在宮耳邊低喃甜言蜜語，說一些不曾對其他人說的話。一旦分手，原來對方這麼容易就遠走高飛了。

宮說的沒錯，他不可能祝賀自己，而且他們也知道遲早會別離。然而，在他們剛相遇的時候，主君仍無恙，勝次郎的聲望也不差，他以為自己和宮的關係會長長久久，不論是以什麼形式維持。感覺就是如此合拍。不只身體，其他部分也讓他抱持無上的好感：閒聊的內容；酒或食物的喜好；自己鬱悶時，他會不發一語地，像貓一樣靠著他的背入睡，溫柔極了。

不過主君御家發生內鬥後家道中落，勝次郎的地位轉眼間土崩瓦解。面對無主又貧窮的武士，世人會投以冰冷的目光。只有宮依舊待在自己身邊。至少他一直待到了今晨之前。勝次郎感受到一抹空虛，不過也有內疚的成分。

他對宮和周圍的人說：在新主君的命令下，他要動身前往遠方，迎娶不曾見面的女子。不過這話有幾分虛假。得知主君熟識的某高貴家族有個待嫁閨女後，是他主動提出迎娶的意願。上天賦予勝次郎充滿男子氣概的容貌和身軀，也給他流利的口才。要他獻殷勤來贏得女孩父親的青睞，簡直易如反掌。就這樣，四處漂泊的貧窮武士獲得了顯赫的門第家世，要擔任國守的家臣也無人能置喙了。

7　原為歌舞伎用語，指未正式登台的少年演員，後轉意為男妓。本書中的陰間均為此意。

在那個時代，人們認為「男人和男人的關係」跟「男人和女人的關係」是兩回事。儘管如此，勝次郎還是難免良心的苛責。他很心痛，痛到快發狂了。但他還是挺過痛苦，選擇了野心。先前，他會陷入深深的苦惱，不知道自己該不該披上補了又補的和服，將傳家寶刀拿去當鋪換一頓飯的餐錢——這種斤斤計較的生活，他已經徹底厭倦了。他想以武士的身分再次出人頭地，就算為此和宮分開也在所不惜，他已有覺悟。

就這樣，他在陌生的土地展開了生活。妻子的聘禮和嫁妝將新宅妝點得富麗堂皇，宛如宮殿。妻子是家裡的掌上明珠，帶著許多幫傭出嫁，因此生活上的所有事物都不需要再傷腦筋了。餐桌、服飾、屋子，一切都整理得美侖美奐，使得勝次郎愈來愈有大丈夫的架式。他的美名傳遍領地之內，年紀輕輕便飛黃騰達。

名為「鈴」的妻子具良家之女風範，教養好，總是穩重又文靜，不只不會頂嘴，也不會吐出半句多餘的話。明明是有錢人家的女兒，卻不要求過奢華的生活，對於看戲或旅行也不感興趣。偶爾和女傭一起到附近寺廟參拜，她就滿足了。家中事務她會留心，應對出入的商人也輕而易舉。不僅毫無任性的表現，也非常大器，大家都讚賞她，說沒有比她更好的妻子了。

勝次郎的人生一帆風順，簡直像個隨便編出來的故事。起先他還會懷念故鄉之水，但很快就將之拋諸腦後了。

「多虧有妳在啊。我討的老婆真是本國之最呢。」

勝次郎邊用晚膳邊讓鈴斟酒，氣色變得極好的臉蛋笑咪咪的。鈴就像在室女般羞澀地垂眼，淺淺微笑。她的脖子飄來好聞的淡淡清香。

兩人一同吃住好一段時間，但鈴從未讓勝次郎看到邋遢的模樣或鬆懈的神色。早上，不論要多早起，她都會比勝次郎先起床整理服儀，夜晚，共枕眠時絕不會先入睡。這就是所謂好人家的女兒嗎？勝次郎有些驚訝，不過他也暗自心想：不曾看過妻子入睡的模樣實在是件乏味的事呢。

勝次郎傾杯飲酒，突然想起熱如蒸氣浴的故里的夏天。

那天下午，他帶著一顆瓜作為伴手禮前往宮的家，發現他只穿著一條兜襠布，在地板上躺成一個大字。「喂，你的老爺來了呀，那毫無姿色的打扮是怎麼一回事？不打點一下嗎？」挨罵後，宮只挑起視線，拋下一句：「今天姿色賣完了，改日再來吧。」勝次郎拿他沒辦法，只好親手切瓜，像餵野獸般送到他嘴邊。真是的，好個任性又囉嗦的男人。

勝次郎發現自己當著妻子的面沉浸在往日回憶中，驚訝回神，吞了口口水。自己和那傢伙的關係已經結束了。現在只要一心一意地守護這個家，守護這妻子就行了。為此，得趕快生個繼承家業的子嗣才行……

閨房內請不要點燈——這是鈴對勝次郎唯一的請求。在看不見臉的全然黑暗中辦事並不盡興，但畢竟妻子別無其他要求，只有這個請託，他不能不接納，夫妻於是總在黑暗中行房。

鈴在閨房內也很文靜。連初夜也緊咬衣袖，沒有發出半聲痛苦呻吟。至今依舊不變。勝次郎在伸手不見五指的黑暗房間內抱著不發一語的溫暖身體，偶爾會感到強烈的悲傷。鈴從未拒絕勝次郎的需索。豈止不會，她在鑽入被窩前甚至會祈禱：「希望能生一個健康的寶寶。」對，這就只是繁衍子嗣的行為，沒有其他意義。

（不行啊。）

愈是告訴自己不可以想起，宮的肢體就愈頻繁地閃過眼前。女人的柔軟肌膚理應能驅走那些畫面，但是不僅驅不走，是根本無法映入他眼底。再怎麼搖頭，再怎麼咬緊牙根都沒用。淫穢而下流、滾燙且激烈纏繞而來的宮的手腳，薄棉被上如鯉魚般彈起的光滑背部，粗鄙的聲音，快感攀上顛峰時那抽泣似的喘息，神智不清似地不斷不斷呼喚勝次郎之名的嗓音——都還是有血有肉地復甦在勝次郎眼前，凌遲他全身。

（不行，不行啊。）

然而，勝次郎的下場每次都一樣，丟精那刻心中浮現的總是宮的臉。

這樣的事情一再發生，到最後勝次郎也束手無策了。他原本想寫信給他，而且做好了被嘲笑「拖泥帶水」的覺悟，但他又想起兩人分手時宮說的話。

（想想他的姿色啊。他現在搞不好真的被哪個小哥包養，或在某個寡婦家當小白臉、悠哉度日呀。）

宮身穿上等和服、從早到晚躺在廊台的身影，浮現在勝次郎眼前。那張強詞奪理的嘴令他的新相好苦笑，但對方照樣疼愛他，讓他過奢侈的生活。勝次郎輕易就想像出那畫面，彷彿親眼看見似的。那男人就適合過那樣的生活。自己當初沒本事給他那樣的待遇。所以說，分手果然是正確的……勝次郎往這方向想，讓自己服氣。

歲月流逝。勝次郎的仕途愈來愈順遂，鈴應對丈夫還是一樣周到。然而，不管過多久，鈴的肚皮還是沒動靜。這是勝次郎唯一的煩悶根源。

這陣子只要話題稍微往那個方向去，鈴就會縮起身子低下頭去，一副抱歉的樣子，這時勝次郎總是會努力表現出開朗的模樣安慰她：「孩子是上天賜予的，著急也沒用啊。慢慢等就好了。」鈴似乎打從心底想要孩子，但她還是一樣希望閨房漆黑，辦事時連一丁點聲音都不會發出。只有這一點她非常固執，決不退讓。

後來的某一天，鈴難得主動來到勝次郎書齋，說有事相求。一問才知道，她想去求子方面出了名靈驗的寺廟參拜。那裡不遠，但以女子的腳程還是得花上兩天。她問勝次郎准不准許她離家這麼一段時間。勝次郎當然一口答應，甚至要準備轎子給她，說她在旅途中累壞就不好了。結果鈴聽了大為欣喜，簡直快哭出來了，深深鞠躬說自己真是太幸福了。

勝次郎不禁感到害臊。放諸藩內，人人知道他有多寵妻。甚至有人口無遮攔：他就是太寵老婆才會一直生不出孩子。那些話他先前全都當作馬耳東風，聽過就算了，不過內心深處隱隱刺痛，像有針在扎。身為一個武士，他的確算是很疼老婆吧？但他自己明白，那是源自自己的愧疚。他有好幾次想要阻止自己，卻還是在黑暗中想像那具身體是宮，睡了它。他因而認為，這個順從到近乎脆弱的女人不管要什麼，他都應該要答應，作為最起碼的贖罪。

翌日的翌日，做好旅行準備的鈴和她最欣賞的女傭阿葉一同搭上轎子，出門去了。阿葉的年紀、身形和鈴差不多，性格爽朗，工作勤奮，就連勝次郎都會仰賴她處理些雜事。據說在老家時，鈴和她便情同姊妹，一起長大。鈴要是一個人出門，勝次郎會有點擔心，但可靠的阿葉如果跟去就沒問題了。

勝次郎也久違地在寬敞的宅邸內，重溫單身漢的心情。

結果，他遺忘許久的惡癖又冒出頭來了。他對妻子懷抱著前述的愧疚，因此有很長的一段時間不曾看遊郭、茶屋那類地方一眼，但想到今天和明天都只有自己一個人過，他就難以壓抑那衝動了。

稍微猶豫一會兒後，勝次郎終究還是出門了。

和同事聊天時，這一帶最繁華的區域經常是他們的話題。勝次郎裝作沒興趣的樣子，在這晃來晃去，彷彿要挑逗自己似地逛過一家又一家店。最後，雙腳像是被吸過去似地，把他帶到茶屋的某個角落去了。

在勝次郎看來，空氣的顏色彷彿改變了。盛裝打扮的年輕男子各自向他送著秋波。他感覺自己的太陽穴發麻了。他拚命表現出悠哉的模樣（雖然內心七上八下），走向道路另一頭，看中一間茶屋，下定決心走了進去。

店裡的人對勝次郎說歡迎光臨，而他在思考前便開口了。

「有沒有出身上方[8]的人？年紀就算有點大……不，年紀大一點的好。」

勝次郎進了鋪榻榻米的房間後稍待片刻，一名陰間被付回[9]帶了過來。他已經長得頗高了，不過年紀大概還不到二十，瘦瘦的，對勝次郎露出和氣的微笑。剛認識宮時，他正是這個年紀。勝次郎的喉間頓時發燙。

「……可以請你倒酒嗎？」

「哎呀，武士大人也是上方人嗎？真開心。今天小的真走運呢。」

男人婀娜多姿地斟酒，綁得美美的頭髮隨之搖曳。宮離開茶屋後，幾乎不曾再表現出如此動人的舉止了。不過他們兩個以前還是很常一起喝很便宜的酒。

（不行啊。）

又想起他了。這個陰間比宮年輕得多，美麗又風雅，只要和他共眠，一定可以把宮趕出自己的心房。黃湯下肚後發燙的頭，冒出如此想法。對呀，只要在明亮之處跟其他男人上床，應該就會舒坦了——他兀自在心中認定，呼吸急促地緊抓住陰間的手。

「討厭，怎麼那麼急呀……我的歌唱和舞蹈是全店最受好評的呀。」

「那根本不重要。脫。讓我上。現在立刻。」

---

8 江戶時代指當時天皇居住週邊，多指京坂或近畿一帶。

9 遊女的階級之一。

勝次郎感覺陰間眼中，閃過了面對庸俗客人時會有的輕蔑神色，但他毫不在意，將對方身體推倒在地。

當天，勝次郎深夜才回到自宅，整個人醉醺醺的，過去從未喝到這種神智不清的地步，迎接他的女傭不得不叫男僕出來抬他回房。

年輕陰間的身體，並沒有讓勝次郎忘記宮。他甚至沒有做到最後。愈是盯著細嫩的男性肌膚看，他愈會想起宮。散落各處的痣的位置，摸哪裡會讓宮發出什麼叫聲，他全都記得，一個也沒忘。就這樣，他終於察覺了。他深愛著宮，勝過任何事物，任何人。

在家裡的人面前展現出不符武士風範的醜態後，勝次郎在被窩裡扭曲身體、流下淚水，彷彿正在接受火烤。再怎麼哀嘆，他的雙手也無法再次擁抱宮了。鑄下大錯了——他只能任這個事實徹徹底底打垮自己。

一天後，鈴和阿葉照預定日期返家。這時勝次郎已完全冷靜下來，像平常一樣笑咪咪地慰勞妻子，懷著好心情傾聽她的旅途見聞，用好丈夫的表情凝視她。

勝次郎看著永遠都像個少女的鈴，然後說。

「去那寺廟求子，真的會像傳言說的靈驗嗎？」

「我聽說是的。有許多人去那參拜，當中有人說她懷了第三、第四胎。」

「真厲害。那……我們今晚趕快來測試看看神明的恩惠吧。」

勝次郎對鈴咧嘴笑，鈴臉頰泛紅，害羞地點點頭。

進入被窩前，鈴像往常一樣準備熄掉行燈之火，勝次郎制止了她。

「這要求我不會提出第二次，今晚就夠了。我想要點著燈和妳燕好。」

鈴起初當然拒絕了，不過勝次郎彷彿要切腹的氣勢壓倒了她，最後終於輕輕點了點頭。

看著妻子的臉燕好，然後生下孩子。如此一來就能斬斷對過去的留戀，成為只為未來而活的男子漢吧——他是懷著這複雜的心情行事的。不知鈴對這點是知悉還是不知悉，總之她露出有點緊張的表情，躺了下來。

勝次郎按照平時的習慣，用手摸索到下襬，掀開來，開始辦事。鈴像睡著了似地闔著眼，緊閉雙唇。身體雖然是放鬆的狀態，但表情看起來終究不像要接納心愛的丈夫，這使勝次郎感到極為焦慮。

「鈴。」

他不禁發出呼喚，但沒得到回應。感覺簡直像在和死人上床。比在黑暗中辦事時更為強烈的寂寞心情襲向他的胸口，他於是把臉埋向鈴的胸部，彷彿攀著救命繩索。

「我只有妳了。」

他搖晃著溫暖又柔軟的女性身體，反覆訴說。

沒得到回應。勝次郎緊咬牙關看著不發一語的妻子，丟精了。

鈴道了晚安，熄去了行燈之火，輕盈地鑽出被窩，離開房間。她每次都會這樣。以往勝次郎不太在意，會直接就寢，但這一晚他沒這麼做。

他悄悄爬出棉被，拉開障子門，結果有燈火映入他眼中，來自宅邸的一角，廚房附近。女傭在這時間應該都就寢了才是。他在走廊上躡手躡腳地朝燈火的方向前進。

來到廚房附近，他聽到嘩啦嘩啦的水聲和微弱的交談聲。

他悄悄窺看廚房內，看到土間擺著臉盆，阿葉正在汲水倒到裡頭。鈴則穿著睡衣，坐在臉盆前方的鋪木地板邊緣，一直盯著阿葉的動靜。令勝次郎吃驚的，是她的表情。她在笑。那不是他平常所見的淡淡微笑。阿葉可能是在說笑話吧，她聽了之後展現爽朗的笑容，連牙齒都露出來了。他第一次看到她這樣的表情。

勝次郎屏息了。不過要驚訝還太早。阿葉汲完水後，笑嘻嘻地按住鈴的雙膝，熟練地將它們掰開，手伸到兩腿之間。鈴臉頰泛紅，頭後仰，接納對方的動作。

片刻後，阿葉抽手了。手中握著一團紙屑似的東西——是遊女為了避孕，會事先塞進女陰的那種紙。

阿葉以嫌惡地動作將紙扔進灶中，然後拿起臉盆浸泡的手巾，開始仔細擦拭鈴的女陰。擦拭完畢後，兩人靜靜凝視彼此，抱緊彼此的身體，像極為親暱的夫婦般接吻。

隔天早上，勝次郎叫鈴進書房時，她露出對一切有所覺悟的表情。這也是勝次郎不曾見過的臉。

人是叫來了，但勝次郎不知該說什麼。一起生活好幾年的妻子的臉，簡直像是陌生人。他茫然地看著，任憑時間不斷流逝。最後，一直盯著自己膝蓋的鈴抬起頭來，開口了。

「請和我離婚。」

那是出自丹田的響亮話聲。語調超乎懇求，已接近命令。沒拋出藉口，也沒留下淚水。她原本應該是個乖順、面對任何事都很自制的女子，脆弱到彷彿快消失了，如今眼睛卻炯炯有神。不管發生什麼事，她都不打算和阿葉分開。這個女人，直到最後都不會鬆手讓心愛之人離去。

「就算被送回老家，同樣的事情也只會重演。請將我們送到尼姑庵去吧。如果不行的話，請當場斬殺我們。拜託您了——我像這樣拜託您。」

鈴一口氣說完這些話，然後雙手按上榻榻米，緩緩磕頭。

不知不覺，秋天來臨了。

勝次郎回到了故里。他已捨棄了國守家臣的地位和大宅，身上只帶著些許積蓄。再十天就九月了，芒草隨這時期的冷風搖曳著。他來到這城鎮並沒有什麼目的。原本心想，乾脆往江戶過去吧，但最後還是回來了。

太陽下山了。勝次郎內心打算往驛站走去，腳卻自然地往另一個方向前進。他來到宮那棟破屋子的所在地。

別離後已過了漫長的歲月。勝次郎成了一名出色武士，具備威嚴，難以再稱之為年輕武士。儘管如此，宮還是常在他內心一角。如果可以的話，他現在很想見宮，想和他說說話。就算對方不會原諒自己，他還是想請求原諒。想在對方懷中懺悔，細數自己有多愚蠢。

在月亮升起的時分，勝次郎抵達了那棟破房子。它原本就很陳舊，如今幾乎每個部分看起來都快垮了，庭院裡生長著茂密的芒草和雜草。實在不像人能居住的地方。宮果然去別處過活了啊。他心想並準備離去時，腐朽壁板的另一頭出現了亮光，像是燈火。

（不會吧。）

勝次郎的心臟感覺像是被緊緊揪住。他吞了口口水，撥開芒草，往屋子裡走去。

驚人的是，屋內的光景和他們離別那天早上一模一樣。空蕩蕩的房間內斜斜鋪著薄又硬的棉被。而且——那上頭，躺著一個男人。

「宮。」

他的聲音啞了。

「什麼嘛，這不是勝次郎嗎？怎麼啦？在這種時間來。」

轉過來的那張臉，和那天早上如出一轍，一點變化也沒有。淚水擅自從勝次郎的雙眼流下，像潰堤一般。

「宮——宮，是你嗎？真的是你嗎？」

「等一下，等一下，你是怎麼啦？在哭嗎？是踩到尖刺了嗎？」

「蠢……蠢蛋！什麼尖刺啊。我、我……一直都……」

勝次郎再也說不出話來了，他衝向宮，整個人垮下來似地緊緊抱住對方。

「好難受……好難受呀。什麼啊，真是的。你今天真黏人啊。」

嘲弄人似的貧嘴，抱起來的感覺，肌膚的氣味，一切都和他記憶中的宮沒有出入。勝次郎一時間還無法置信，但還是不斷向宮道歉。是我錯了，我只有你了，我太蠢了，原諒我——原諒我。

「勝次郎先生，不好意思在你正激昂的時候打斷你。可是我根本沒對你生氣呀。」

「雖然是這樣——」

「我不是說了嗎？一開始就知道我們的關係總有一天會結束了呀。儘管如此，勝次郎先生對我還是挺不錯的，不是什麼糟糕的老爺喔。」

「挺不錯嗎……」

「嗯，印象中不曾讓我吃好用好啦……不過，我沒想到你還會像這樣再來見我呢。」

宮發出像是被搔癢的笑聲。勝次郎直盯著宮的眼睛，以顫抖的手觸碰宮眼角的痣，然後再次抱緊他。

「我沒有一天沒想起你。我已經明白了。我和你注定要白頭偕老呀。你說金盆洗手的陰間和武士沒未來，但那又有什麼關係呢？你是我的，我是你的。我們不會再分開了。我絕對不會離開你。往後你要什麼，我都買給你。我會讓你住進有奴僕使喚的宮殿。凡是你的心願，我都會加以實現。這就是我唯一的希望啊。在你身邊過活，就是我的命運啊。」

勝次郎緊擁宮在懷中，幾乎要令宮感到難受了，不過宮還是發出「哎」一聲輕嘆。

「勝次郎先生……您真色呢。裝模作樣地說什麼命運之類的話，結果已經變成這樣了。」

宮發出對勝次郎而言很順耳的嘻嘻笑聲，細瘦的手指同時貼上他的下腹。勝次郎不禁苦笑，然後親吻了宮那張貧嘴之嘴。

「你才是呢，這麼多年了，色心還是未改啊。」

「嗯，不知道耶，您要確認一下嗎？」

勝次郎二話不說，將宮的身體推倒在懷念的棉被上，愛撫他連作夢都會夢到的肢體，每一寸都不放過，直到天明。他不斷呼喊宮的名字，緊擁對方。

冷風拂過臉頰。強光自眼瞼的另一側照來。

「唔……」

自己不知不覺間睡著了嗎？正打算起身時，勝次郎突然驚覺四周的模樣有點古怪。昨晚進入的房間確實破舊，但也散發出有人在此生活的氣息，如今它卻化為徹底的廢墟。

勝次郎顫抖著，望向身旁。

那裡，有一具白晃晃的人骨，上頭只纏了些許破布，不發一語地倒臥著。

屏風

——屏風少女

那是今夏格外燠熱的一天，蟬鳴響亮到我的腦袋內側簡直要跟著震動了。我一手拿著地圖，氣喘吁吁地爬上坡道。我是繼承家業才開始當一名古美術商的，而舊貨這種東西，不四處奔走就很難入手。這天我要拜訪的，是透過人脈介紹的某收藏家府上。

那棟宅邸位於斜坡頂端，是一間古色古香的日本家屋平房。幾乎沒在維護，長成巨樹的庭木幾乎快吞沒建築物了。綠意盎然，穿過大門後陽光不怎麼照得進來。在今天這種日子會很感激植物的庇蔭，但冬天大概會頗冷吧，我心想。

我打開玄關門說「抱歉打擾了」，過了一會兒得到沙啞的應聲。家中和院子一樣昏暗，空氣透涼，彷彿盛夏只是個謊言。不久後，走廊盡頭出現了一名老人。

「歡迎，請進請進。」

對方看起來已經八十好幾了，隱約散發出遁世者的氣質。不過他笑咪咪地迎接我，態度和藹，我於是暗自鬆了一口氣，提著伴手禮一同踩上木頭地板。屋子很寬敞，但完全感覺不到其他人的氣息，靜悄悄的。我感到毛骨悚然，害怕了起來。當他帶著我進入會客間後，我立刻看到了古怪的東西。

壁龕那裡，不知為何擺著一面巨大的屏風。在一般而言會以掛軸裝飾的地方擺屏風，是相當稀奇的。繃了絹布，但上頭沒有堪稱畫的圖像。古意盎然的淡黃色畫布中間依稀泛白，像是褪色那樣，除此之外就沒有特別之處了。

「你年紀輕輕就當了社長呢。」

聽到他搭話，我嚇了一跳，隨意回了一句：「我才剛接班。」老人仍笑咪咪地點點頭，接著輕快起身出了房間，然後馬上以托盤盛了兩個茶碗過來。

「啊，請別麻煩了。」

「不不，我這裡沒有人手幫忙，請原諒我招待不周。」

茶很燙，不過我已經沒在出汗了，甚至感到涼颼颼的，我心懷感激地喝起來。

我們再次遵照禮數問候彼此，閒聊起天候以及介紹我們雙方認識的美術商，接著我便表明了目的。

「——於是呢，左右商會的人說浮世繪的問題請教您就不會錯了。」

「嗯，我確實收藏了古今東西形形色色的畫作，不過這只是沒學問的老人的嗜好。我手上沒什麼了不起的東西喔。哎呀呀，左右商會的社長真壞心。不過您都走了大老遠的路過來了，請盡情過目吧。總之，先看這些如何？」

榻榻米上已經排放了好幾個桐木盒，他將其中一個擺到桌上，快手掀開蓋子。裡頭裝著色彩繽紛的春畫。我心想，傷腦筋啊。春畫深獲許多熱中的收藏家喜愛，不過店裡原本就已經有不少貨，常客當中也沒人蒐集這類作品，是難賣的貨。不過，確實如介紹者所說，老人收藏的畫都令人眼睛一亮，這點並沒有錯。

「我對這領域不怎麼熟，不過都是些良品呢，太好了。」

「哎呀呀，真是不好意思呢。嗯，我身邊有人眼光很好，我只是出錢享受罷了。」

身邊。這麼說來，這宅邸裡還有其他人住嘍？

老人打開下一個盒子，裡頭擺的不是單幅畫作，而是一冊草紙[10]。他用泰然

10 相對於卷子本，指冊裝書籍。

自若的姿勢翻開封面。

「這……難道是，不好意思，這是真品嗎？」

「似乎是呢。」

這肯定是出自菱川師宣的手筆，他是公認為浮世繪始祖的大師，〈回眸美人圖〉為其名作。這是春畫本，他的運筆依舊流暢，將男女的交合畫得栩栩如生。

我不禁吞了口口水，如果是這草紙，放在我們店裡也會有人買的。

「這叫枕繪本。呃，如同其名，像我這樣的老頭子啊，現在也是會啊，晚上在寢室翻看它，感覺要是來了，就叫我的伴過來咧——」

我不禁苦笑。真是個色老頭。不過他看來是跟妻子之類的人一起住吧。

雖然只是畫，但畢竟畫的是人纏綿的模樣，連續看好幾張之後血氣衝頂，我於是抬起頭來喘口氣，結果突然和壁龕的屏風對上眼了。真不可思議，我竟然有「對上眼」的感覺。上頭明明什麼也沒畫。

「呃，那屏風也散發出大有來頭的氣息呢。」

「這樣啊，我的伴聽了會很開心的。」

「是您妻子的所有物嗎？」

可能是嫁妝之類的吧，我心想。結果老人咧嘴嘲笑，蓋上盒子。

「——俳人青木鶯水寫過這樣一段話，『中國或日本的典籍記載了許多美到產生魔性的繪畫。聲名顯赫的畫家若畫了極美的作品，不管上頭是花鳥還是人物，它們都會產生自己的意志，離開畫紙或絹布，躍向這人間採取各種行動。』」聽到他突然娓娓道來，我想必露出了很茫然的表情。老人又發出笑聲，啜飲一口茶後說了下去。

「我自己很喜歡一個故事。很久很久以前，住京都的年輕書生在外地晃進了一家古道具屋。原本只是想純逛逛，結果在店內深處發現了一樣東西。那就是屏風。巨大的屏風，上頭繃著畫在絹布上的畫作。那是一個年輕小伙子的立像，看了會感到如沐春風，是頗好的作品。價格也很低廉，書生於是下定決心買了那屏風——」

老人接著訴說故事。

書生原本自認是一時衝動才買下那屏風，但帶回自家擺進房間後愈看愈明白：畫中那年輕人姿態的筆法是多麼優異啊。連劉海也很豔麗的青春身影，青竹色和服散發的清廉感。五官那蓮花般清新的媚態。清涼的眼眸甚為苦惱似地回望書生，薄唇彷彿隨時要張開說話，韻味十足。書生把時間的流逝拋出腦後，坐在屏風前凝看它。愈盯著它看，它的光彩似乎就愈明亮，真是不可思議。

彷彿有個活人被封閉在絹布裡頭。像這樣的畫，肯定是以實際人物的身影為本……他思考著這些事。

屏風看起來頗為古老。這年輕人如今已經剪掉劉海了吧？或者已經變得更老了吧？或甚至已經……

當晚，書生決定在屏風前鋪棉被睡覺。因為他想要一直盯著那畫，直到墜入夢鄉的前一刻。

即使在熄燈後的房間內，畫中身影看起來還是隱約泛白地浮現。畫本身彷彿憑藉著不可思議的力量在發光。

「你到底是何方神聖呢？」

倒臥在被窩的書生問道。

「如果世上真的有你這麼美麗的人……我真想設法見你一面。親耳聽你的聲音，親眼看你的姿態……一眼就夠了……」

書生其實懷有更進一步的慾望，不過他猶豫著，不知該不該說出口。因為有個想法在剎那間浮現：我不想要畫中男子聽到這種話，對我產生輕蔑。為了書生的名譽，在此有必要說明，他絕非迷信或成天空想之人。平日他以講理者的形象行走於世，然而在那個時候，他卻想著：這張畫搞不好聽得見自己的聲音。

書生在不知不覺間入眠，深陷於濃霧之中。乳白色的柔軟霧氣厚重到連自己的腳邊都看不見，他只能畏畏縮縮地走來走去，連自己要去何方都不知曉。

但就在那一刻，他看見青竹色的和服衣角瞬間飄過霧氣的彼方。

「你是——！」

他不禁呼叫出聲，打算追上前去。但在夢中，他的手腳不聽使喚，令他焦躁極了。內心再怎麼想拔足狂奔，實際上卻寸步難行。他咬緊牙根，不斷、不斷地想要奔跑起來——最後被自己的呻吟聲吵醒。

那是即將破曉之際。天色還很暗，只有微光自窗戶另一頭照入。書生滿頭大汗地坐起身。當然了，畫中男子仍維持他睡前擺放的姿態，俯瞰著他。

從那晚開始，屏風之畫便成了書生一切生活起居之中心。他從早到晚都凝望著畫中男子，渴求著對方，寸步不離房間的日子也增加了。不再去碰先前熱心鑽研的學問，飯也忘了吃，身體開始變得瘦弱，眼神逐漸空洞。

只因為圖畫很美就對區區一座屏風魂牽夢縈至此，是不對的。起初，書生心中多少也會浮現類似的念頭。然而，清醒時還好，夜晚作的夢卻會讓他對屏風男子愈陷愈深。他每次都作一樣的夢。自己在濃霧中徘徊的身影，只見衣袖或衣襬的男子。只差一步就要追到了，就要觸及了，但事情總是無法實現。

要是能叫他的名字就好了。真希望能呼喚他，請他留步。黎明時分，淚流滿面且伸手向著虛空的書生醒了過來，仰望屏風，心灰意冷。

就在這關頭，書生的學者舊識恰巧來訪。這位年長友人通曉世情，饒富機智，耳聞書生得病，便遠道前來探望他。

「你到底是怎麼啦？臉色糟透了，簡直像幽靈。」

學者在書生枕邊詫異地出聲。

「我感覺我會就這樣死在這裡，這是我的命運。」

書生沙啞地說，接著仰望屏風。畫中男子當然一動也不動，僅僅存在於該處。學者思索了一下，接著湊近屏風仔細審視。

「原來啊，原來。這不是普通的畫——你大概已經如此認為了吧。這可是菱川師宣的作品，他是美人畫大師呀。欸，你知道為何會有這種全身立像嗎？知道它為何不是可複印好幾張的木版畫，而是世上只有一件的親筆畫嗎？因為這畫正是『替身』啊。」

學者瞇起眼睛。

「有些人因為錢燒光了或緣盡了就再也見不到遊女或陰間，戀戀不捨，希望起碼把對方的身影圖像留在身邊，這時候就會訂製這種立像。這一定就是那種畫吧。有某個人深深戀慕著屏風上的男子，想把此人的身影圖像留在手邊。他拜託菱川那樣的能手來畫，就產生了這樣的結果呀。」

「這樣是指哪樣呢？」

「連靈魂都畫出來了。」

書生那深陷眼窩內的眸子再度望向屏風。聽到學者說靈魂寄宿在畫中，他完全沒有否定它的心思，那都煙消雲散了。反而是沒靈魂才怪呢！否則，它為何能將自己魅惑到這種地步呢？

「……老師，我有沒有辦法也進到那畫中呢？我如果無法親手將他擁入懷中，活在現世也沒有意義。還不如儘早捨棄這肉體，讓我自己的靈魂也轉移到畫上。」

「喂，別說那麼不吉利的話啊。再說，你沒必要進到畫中，只要把這位官人從畫中拉出來就行了。」

「那種事──那種事辦得到嗎？真的？」

學者坐到枕邊盤起雙手回答。

「我讀唐國的說話[11]曾讀到一個遭遇和你類似的故事。他為了把畫中少女呼喚到現世來，先幫她取了名字，接著每天每天叫她，直到她回應。」

書生吃了一驚，不禁仰起瘦弱的身體。原來啊，不知道名字的話幫他取個名字就行啦。

「叫他，他會回應我嗎？」

「只要誠心誠意、毅力十足地呼叫，對方總有一天必會回應。接著你要備酒，而且不是普通的酒，要分別從一百家酒鋪各買一杯酒來裝進瓶中儲放，再倒到上等酒杯內供給對方。」

「然後呢……？」

「接下來的事，由你和這畫中的年輕人決定。如何啊？你辦得到嗎？最重要的是，你得每天好好吃飯、打起精神來，這也是為了達成那件事啊。懂嗎？」

書生用力點了點頭。這屏風內的男子如果能出現在眼前，要他獻出自己的生命也在所不惜。

好啦，其實學者是不忍看書生衰弱至極的模樣，希望他稍微恢復精力才說了剛剛那段說話，不過打從心底愛上畫中年輕人的書生完全沒察覺學者的用心，把唐國說話的字字句句都當成了真實，深信不疑。

11　廣義指自古流傳下來的故事，狹義指民間故事、傳說。

「名字……得取名字才行……」

與這美麗身影匹配的名字，一朝一夕是想不到的。不能是隨處可見的名字——書生一再苦惱，不知不覺間像昏厥似地陷入了睡眠。

在夢中，書生再度開始於濃霧之中徘徊。買下屏風以來，他沒有作過其他夢。又要去追逐那個無法掌握的身影了嗎？就在他這麼想的瞬間，霧倏地散去了。

「啊。」

鮮明得像虛妄，輕巧到近乎乏味——男人的身影就這麼顯現在他眼前了。不是繪畫，而是擁有血肉的人模人樣。臉頰白皙到簡直可以看到皮膚下流動的血液，那姿態活生生的，毫無疑問地存在於書生眼前。

他驚訝得發不出聲，男人則淺淺微笑，又消失在霧中了。微微傳來，沾染於衣物上的焚香味。

這真的是夢嗎？還是……

「『真』呢——」

書生醒來。天已亮。他也決定好屏風男子的名字了。

起床，好好整頓一番儀容後跪坐到屏風前，書生一再對著它發出呼喚。真、真——他喊了好幾聲，一次一次都無比誠摯。

第一天。那張畫並未回應。不過在夜晚夢中，他的容顏再度顯現，留下難以言喻的微笑，彷彿覺得很為難，又像是在挑逗人，接著就消失了。他都聽見了，書生如此深信。書生繼續呼喚對方。連呼數天又數天，堅持不懈。那模樣之反常，旁人看了要是認為他腦袋出了問題，他也無從辯駁。身邊的人都覺得他令人發毛，連房東過來收租前都會萬分猶豫。儘管如此，書生對這些事毫不在乎，只顧發出呼喚，喚他命名為「真」的屏風中的小伙子。

當然了，夢中那難以稱之為幽會的幽會也還持續著。「真」開始會現身了，但還是連手指都不許書生碰一下，彷彿吊人胃口似地轉頭就走。他也完全不出聲。然而，書生就算日夜接受那樣冷淡的對待，對畫中人的心意還是沒有枯竭，反而還更加高漲沸騰。

書生開始對屏風呼喚的大約一個月後，學者再度來訪。得知書生尚未放棄和畫中男子纏綿的念頭後，學者深感後悔：當初實在不該為了給他一時的撫慰就隨便說那些話的。

「我錯了，容我向你磕頭道歉，請你忘了那張畫吧。你現在要是不重回做人的正道，這輩子可是會泡湯的啊。」

友人誠摯地訴說，但書生完全沒把話聽進去。

「您有什麼錯呢？那天之後，我遵照老師的指示日日呼喚他，如今已感受到一點氣息了，他差不多就要回應我了。在夢中，他偶爾也會盯著我看，這種情形也增加了——」

「夢中？你這已經病入膏肓了——沒辦法，我只好動手解決了。喂，你現在就跟我走。要是不離開那張畫，你早晚會死掉的啊。」

學者說完，從後方架住坐著不動的書生，試圖把他拖離屏風前方。

「你要做什麼？請你住手！我不打算離開他。為什麼你要做這麼過分的事呢？」

「過分？還真會講啊。我是為了你好才這麼做的。欸，拜託你了。我看不下去了啊，你醒醒吧，變回之前那個聰明又悠哉的人吧！」

學者淚流滿面地哭訴，緊抱住朋友的身體。淚水沾溼書生的肩膀，他吃了一驚，總算不再掙扎，也畏畏縮縮地搭住友人的肩膀作為回應。

「老師——老師，真是抱歉，我竟然令您悲傷至此……請不要再哭了，不然我也會難過起來的。」

「你要跟我一起走嗎？如果能讓你恢復正常，我什麼事都願意為你做啊。你會變成這樣，我也有責任。」

學者淚也不擦，便將自己的額頭抵住書生的，斬釘截鐵地說。

「可是……我現在馬上跟你走的話，會無法收拾心情。請再等我一晚，讓我再跟屏風過一晚就好。他這一晚之內還是沒有任何回應的話，我會乾脆地跟你走……」

聽了書生的話，學者心不甘情不願地回去了。臨走前丟下一句：明天早上我會來接你。

書生再度和屏風獨處了。他已有所覺悟。如果屏風男子今晚也不回應，不待天明，他就要把屏風纏在身上，投水自殺。

「今晚我不打算睡覺。我會在這裡呼喚你的名字，直到用盡力氣……不對，就算沒力了，我也要繼續呼喚。如果你多少對我有點意思的話，還請務必、務必回應我。出個一聲也行。只要能聽到你的聲音，之後有什麼下場都無所謂。墮入地獄也無妨。你明白我的心嗎？真……」

「是。」

書生頓時屏息，整個人維持跪坐姿勢「咚」地彈離地面。

「是、是我聽錯了嗎？我的耳朵出毛病了嗎？欸，我剛剛聽到的是你的聲音嗎？真啊……」

「是。」

這下不會錯了。書生手忙腳亂地把準備好的酒倒入杯中，用顫抖的手遞向屏風。

結果，沙，一陣布料摩擦的聲音傳來。

絹布像水面般彎出一個柔軟的弧度，穿著木屐和足袋的腳尖從那布面滑出似地浮現。青竹色的，書生在夢中追趕無數次的和服下襬，不斷發出沙沙沙的乾燥聲響，穿出紙面。

他終於現身了，就在開嘴傻眼、只顧著發抖的書生眼前。略帶羞赧地微笑，以落花般優雅的儀態跪坐，纖細玉指自書生手中接過酒杯。留劉海的年輕人就在這裡，比畫中、夢中美上好幾倍。

「你為什麼那麼戀慕我呢？」

潺潺流水般令人舒暢的嗓音問道。

「我……我不知道。但我只有你了。只要有你，其他事物我都可以不要。如果你不在，這世界就是一片空無。」

書生那張乾燥到極點的嘴，吞吞吐吐地說完後，「真」不知為何黯然蹙眉，用更小的音量說話。

「你就算那樣說，總有一天也會對我生膩的吧。」

「絕對不會有那種事！就算我的身體著火，我也會愛你到最後一瞬間……不對，我發誓，就算我死了，身體腐爛了，往後七世我也只鍾情你一人！」

「可是……」

真的表情依舊灰暗，似乎有點猶豫地拉了一下書生的衣袖，喇。

「你身邊，不是有個頗為親近的人嗎……如果是他和我，你會思念哪一個呢？」

書生注意到真的視線投向自己未乾的肩膀，不禁握住他的手。

「難道說，你在嫉妒嗎？你以為我和老師是斷袖關係，才現身回應我的呼喚嗎？」

真的臉頰瞬間泛紅。書生內心充滿悸動，露出又哭又笑的表情，輕輕將那細瘦的肩膀擁入懷中。

「那是誤會啊，絕對沒那回事。我只有你。要我說幾萬次我都說。過去至今再到未來，我都只愛真一個啊。」

他拚命纏著真表白，最後真笑開了。

「你這話是當真的吧？要是感受到你一點點壞心，我就會回屏風裡喔。」

「我發誓，我會把你看得比自己的性命更加重要喔。不管你有什麼願望，我都會幫你實現。你想要的東西，我全都會幫你弄到。任何任性的要求，我都接受。來，儘管說吧。你要我給你什麼？」

書生的話聲剛落，真突然就全身癱軟，靠向他胸口。

「能請你，好好疼愛我嗎……現在，就在這疼我。」

「——書生聽到真那麼說便按捺不住，將他推倒在榻榻米上，終於摸索到他的和服下襬，掀開，手伸向後庭……然後……」

老人穿插各種姿勢和手勢，恍惚地訴說下去。對他大感詫異的我，小聲清了清喉嚨。

「哎呀。」

老人毫不退卻，笑盈盈地打住。

「我太長舌了呢。」

「不、不會的，很有趣。畫中寄宿著靈魂是很常耳聞的老套形容，不過畫中人作為具體形影出現在世上，就是很好玩的童話設定了。甚至有點可怕呢。」

「社長先生，這絕非童話喔。」

「嗯……？」

「喏，請看。這就是我所說的屏風。正中央禿了白白一塊對吧？這就是『真』跑出來之後所留下的。書生守住了自己的諾言。他的戀慕之人一輩子都沒回到畫中。兩人永浴愛河，長長久久地過著只有彼此相伴、你儂我儂的生活。」

老人發出高亢的嗤嗤笑聲。這時我才終於察覺，這號古怪的人物在戲弄我。大吃癟的我速速告辭，離開了宅邸。雖然想設法將菱川的枕本弄到手，但對方實在太令人發毛了。如果是嘴賤又頑固的老頭，我還比較摸得透對方心思。

走出宅邸，簡直來到了完全不同的世界，炎熱又喧鬧，夏季午後感十足的空氣翻騰著。平日被我嫌棄的熱氣，如今令我心懷感激。然而，下坡路走到差不多一半的時候，我發覺自己把帽子忘在那屋子裡了。

我嘖了一聲，折返坡頂，再次鑽過宅邸大門。

就在這時，我聽見了人聲。

不是老人發出來的。是更年輕、更清澈的男子嗓音。

我往聲音的源頭走去，發現庭院內茂密生長的樹木的另一頭，有一座廊台。

葉隙篩落的零星日光下，有個做便裝打扮、身材苗條、年紀極輕的青年坐在無遮蔽的廊台上，腳浸泡在裝水的盆子裡。遠遠看也看得出，青年的姿色無比美出眾。美到陳腐的形容都浮現在我腦海中了……簡直像一幅畫。

「來，這是水菓子[12]。你很喜歡吧，請吃。」

老人在廊台現身，將手中的托盤放到青年旁邊，動作小心到近乎恭敬了。

「我不要。是剛剛那個怪人拿來的吧。」

「糕餅無罪可不是嗎？你這傢伙也真是的，甚至要為了我這種老頭子吃醋嗎？真是太可愛了。」

老人話說完，彷彿理所當然地托住青年纖瘦的下巴，給了他一個吻。

「我只擁有你啊，真。」

我的腳下發出小樹枝折斷的聲音。兩人的視線和我對上了。得逃跑才行——我的本能如此喊叫，但雙腳彷彿陷在夢中，動彈不得。

12 江戶時代指水果，如今轉意為「水分含量高的日式糕點」。

狂戀——生靈

容貌儀表根本就不重要。我看進眼裡的根本不是那些。我著眼的是一些極為瑣屑……但比什麼都寶貴的事，使那個人顯得寶貴之事：比誰都早起，從一絲不苟地掃地做起；嚴加斥責粗心犯錯的丁稚[13]，但絕對不會翻舊帳，也不會囉哩囉嗦地逞威風；碰到喪妻歸鄉的孩子，會從自己懷中掏出一大筆錢給對方，說是奠儀；對女傭或新人說話時也不會很粗魯；客人的長相、名字、喜好等等，他全都記得；對待店裡所有商品都很謹慎，不論是多便宜的東西；喜歡烤地瓜。雖然他似乎不讓任何人知道，但他會偷偷餵地瓜給大家冷酷對待的骯髒流浪狗。當他發現那隻狗死在人來人往的街頭時，有好一段時間神情落寞；痛罵在背地裡說我壞話的工匠，和對方起爭執，還將對方列為拒絕往來戶。看到我的時候；總是對我笑。完全不曾嫌棄我，連半開玩笑地糗我都沒有……他這些面向，我一——直看在眼裡。他是否瀟灑、俊俏、風度翩翩，我並不清楚。旁人經常那樣形容他，但要我說的話，我認為那些語彙完全沒有表現出他的任何面向。光看外表、裝扮、

13 江戶時代商家員工階級，為學徒。

舉止並無法明瞭的，專屬於那個人的美德，確實存在於那個人的神情之中。我看的是這個部分。我看得到這個部分。外表只是不重要的小事。

不，儘管如此，我當然知道那個人很英俊。所有人都口耳相傳：靈岸島上第一等的美男子不是演員也不是火消[14]，而是瀨戶屋的六兵衛。有許多客人為了他上門。我也知道口無遮攔的人們都說：瀨戶屋才不是賣瀨戶燒的，看那德行簡直是戲棚啊。我幾乎無法離開屋子，那樣的評價卻還是能傳到我耳中，那個人的俊俏就是如此出名。看了也知道。不想知道也會知道。知道他的膚色白皙得像是瀨戶燒，態度卻還是很莊重，一舉一動乾淨俐落。我完全不懂穿著隨便的標新立異者好在哪。找遍江戶八百八町，也找不到第二個像他的人。不管何時看他，他都像初生之人一樣毫無汙穢，而且還散發出仙人的沉著感。

欸，不過喜愛流言蜚語的那些人都不知道吧？在寒冷的日子，他會特地找工作空檔來到我房間，溫柔地對我這個無聊的病人說話。連血親都疏遠我，他卻會基於種種原因搭理我。他會輕輕握住我冰冷的手。好溫暖……真的好溫暖。那個人的手。一雙大手。

我一直、不斷地看著他。在寒冷的季節，他溫暖的人品格外令我銘感五內。其實我很討厭冬天。因為我每年冬天都只能一路臥床到春分過了為止。過年的熱鬧氣氛，開市的忙碌，全都在我睡著的期間流逝。根本沒什麼好慶賀的。被窩簡直像棺材，我一直待在裡頭，像個活死人……還不如真的死一死，這煩躁感就會隨之消失了。然而，我連這個心願都無法實現，馬齒徒增。在這期間，我的姊妹弟有的去別人店裡幫傭，有的鑽研學問，他們都在累積修行，以便成為夠格扛起瀨戶屋招牌的人……

我在家中一直被當作不存在的一分子。令人生厭、羞恥的廢物長男。他們光是賞我一間幽室待還供我三餐，我大概就得心懷感激了吧。我也許很敗家吧？不過呀，在病床上過的日子實在是很無聊。有什麼能排遣這無聊呢？就只有病痛啊。只與苦痛同行，光是不斷活下去，這處境多麼……

先算了吧。我並不是想要抱怨。對，我是要談那個人……我懂事的時候，他

14　江戶時代的消防制度與其成員。

已經以丁稚的身分進瀨戶屋工作了。我們不是什麼上等大鋪，但還是設下了許多規矩，父親也是個嚴格的人。很多丁稚做一做就不做了，但據說那個人完全不說喪氣話，每天都很認真工作。他從那麼小的時候開始就有非凡的毅力和才智了。

我還清楚記得我們第一次交談的情形。我才剛滿八歲。如你所料，是春分前的寒冷日子。那天我的狀況剛好還不錯，所以在病床上格外無聊。要是能眺望院子的話還會好過一點，但那天鞘間[15]對面的雨戶關得緊緊的，我完全看不到外面的模樣。

不過不可思議的是，這種安靜又無聊的生活過久了，聽力會變得極為敏銳。因此我清楚聽見，採光障子的另一頭有人在大口呼氣。

我……現在其實也沒變，不過當時就是很會豎耳聆聽的小孩了。我會躺著不動，捕捉微弱的聲響，想像房間外在發生什麼事，並讓想像愈滾愈大。那呼氣聲不像是大人發出來的。腳步似乎很輕盈，還有掃帚擦過地面的沙沙聲。

每隔一陣子就呼一大口氣。我知道是某個丁稚在掃院子。但我不知道他為何要呼氣。到最後我再也按捺不住了，於是悄悄起身，拉開障子窗。

「哇。」

咫尺之處，站著一個看起來大我五、六歲的小孩。他捧著比自己還高的掃帚，正要對自己凍得紅通通的手吹氣。詫異的眼神飄向我，他接著歪了歪頭，似乎感到很不可思議。

而我也同樣驚訝。我大致知道自己家中有許多寄住的員工，但在身邊照料我的總是女傭。那是我第一次看到男孩子丁稚。

「你是誰啊？你一個小孩在那裡做什麼？」

過了一段時間，我才察覺他是在對我說話。因為這種事實在太稀奇了。他又歪頭了，而我連忙回答。

「祥太郎……」

「祥太郎……啊，原、原來是少爺啊。小的真是失禮了……」

那孩子話說完突然拋下掃帚，深深一鞠躬，我突然感到厭惡，啪一聲關起障

15 日式建築中，連接本堂和鞘堂的通道。

子窗。

我的心跳加速了。當時還以為我的身體狀態又變差了。八歲的我的內心，在那刻，被植入了先前未曾有過的種種心情。那呼氣聲、瞪大圓睜的眼睛、尷尬的嗓音充斥我的胸口，讓我腦袋一片空白，像發燒似的……最後我真的發起高燒，臥病在床。

我應該躺了兩、三天。在退燒的空檔作了夢，夢到我也做丁稚的打扮，在院子裡跑來跑去，彷彿生病都是騙人的。陪在我身旁的，是那個拿掃帚的孩子。醒來後，發現那當然是只是幻夢一場，我難過到直接在被窩裡啜泣起來。

幾天後的某個早上，小小的腳步聲讓我醒來。我立刻知道是那個丁稚發出的。我的耳朵真的很靈光。雖然這件事沒有人知道。腳步聲在障子窗那止住了，感覺有什麼東西喀沙作響。我斷然起身，再次猛拉開窗。

「啊。」

他又再次驚訝地盯著我看。

「你在做什麼？」

這次由我發問。結果那丁稚……那個人，難為情地搔搔頭說：

「我聽說少爺生病了，所以帶這個過來，為先前的事向您賠不是。那個，我奶奶說南天竹可以驅魔解厄……」

他遞過來的是南天竹枝，上頭結滿紅色小果實。收下它時，我露出了什麼樣的表情呢？通紅燦亮的南天竹，在我看來比任何金銀財寶都還要美。那是第一次有人用那樣的方式送禮給我。

「我叫六藏。祥太郎少爺，希望您早日康復。」

那個人說完話，露出太陽般耀眼的笑容。而我回他什麼呢？怎麼想也想不起來了。

從那次之後，他開始會暗中來到我的房間。大概是覺得一整天足不出戶的小孩很可憐吧。他會告訴我各種事情：店裡的情形，工作的狀況，大街上的模樣。聽他說那些比任何繪草紙都還要刺激，而且愉快，我開始沉迷其中，還會央求他分享那些事。我原本過著無聊透頂的日子，簡直是要被無聊殺死而非疾病，結果他讓我的生活徹底煥然一新。

從那時開始，我才產生了「想要活下去」的想法。因為只要活著就能聽他說話。大夫曾宣告我撐不到元服禮，結果不知不覺間我存活到剪去劉海的那天了。儘管長大的只有身形，我還是成為了一個大人。對，那個人，也是我的救命恩人。

如前所述，那個人在丁稚當中是鶴立雞群地優秀。他率先升為手代[16]，更加勤奮工作，使瀨戶屋的生意蒸蒸日上。據說當時他的俊美已廣受好評，來自各地的富家或武家尊夫人都會偷偷微服來訪，只為看他一眼，彷彿他是什麼珍奇物。隔壁大商行的千金為了那個人買了上百個茶碗，還每天每天送來情書和禮物。這類傳言我都是從女傭那裡偷聽到的。聽了心情當然不會好，不過我也產生了一種難為情的感受。大家都贈送金錢或物品給他，想試探他的心意，我卻獲贈他親手送的那根小小南天竹枝。

手代的工作忙起來後，他愈來愈常陪上司出江戶採購貨品，不怎麼來我房間露臉了。不過遠行歸來後，他總是會帶伴手禮過來給我。比方說罕見的糕點，或是神符。這些事都展現了那個人無私的、心思純淨的體貼。他一點邪念也沒有。

這是當然的啊。因為他就算討好我，也不會有任何好處。

那個人長高了，聲音變粗了，正在迅速蛻變為成年男子。就連呼喚我「祥太郎少爺」的嗓音也和剛認識時有不少出入。不過他溫暖的手和眼神並未改變。我相信這不是我的誤判或妄想，但他肯定是把我當成弟弟了。他從來不曾收起恭敬的態度，不過他的眼神不只像是在看雇主的長男。不會錯的，他肯定覺得我是親近的存在。因為他流露的目光是那麼溫柔，那麼慈祥啊。我曾在心中偷偷喚他為「兄長」。如果我們真的是兄弟該有多好呢。他是瀨戶屋繼承人，我是他弟弟。如果真是如此，一切就會萬事順利了吧。

那個人終於成為番頭[17]時，我品嘗到有生以來最強烈的幸福感。那一天，他在名義上、實質上都成了瀨戶屋的招牌。他也是所有員工當中最受父親器重的，父親還幫他設宴慶祝。雖說如此，我也無法同席，只不過是平時在房間裡吃的膳

16 江戶時代商家員工階級，被視為獨當一面的店員。

17 江戶時代商家員工階級，可在老闆指示下管理全店。

食變得更奢侈了一些。

就算是那樣，我還是好開心、好開心，當晚獨自祝賀那個人升遷。我從拼花小木盒中取出我小心保管的南天竹枝，輕輕放到掌中，然後對它吹氣，效法第一次見面時的他。那是只有我知道的祕密儀式。我無比、無比由衷地祈求他身體健康、幸福度日，並一面呼氣。

就在這時，房間內的紙門拉開了。

「祥太郎少爺。」

是那個人。我連忙將南天竹枝收回小盒子裡，再藏入棉被。那個人歡快地笑著，臉頰泛紅。身體散發出一丁點酒味。

「請看，喏。我終於也可以披上羽織[18]了啊。」

他輕觸衣袖，抬頭挺胸，讓我仔細欣賞員工升上番頭後才會獲准穿著的全新羽織。在行燈的昏暗光線下，那美得像一場夢。我感慨到差一點就要流下淚水了。

「六藏先生，恭喜你。真的太恭喜了。」

「啊，對了。今天起，請叫我六兵衛。」

「六兵衛……」

「是老爺賜給我的名字。感激不盡啊。」

我父親叫喜兵衛。恐怖的、只以嚴肅面貌示人的父親，從自己的名字裡取字給那個人，給他升上番頭的新名號。看得出來，父親真的考慮選那個人來繼承瀨戶屋，跳過我，也跳過我姊姊或弟妹們。我不知道其他手足的想法，但就算父親真有如此想法，我當然也沒有異議。那樣安排比其他做法好太多了。如果事情那樣發展，我就真的可以和那個人永遠生活在這屋子裡了。

「我能走到今天，都是祥太郎少爺的功勞。」

「你為什麼那樣說呢？我只是一直在這睡覺啊……你很清楚吧？」

「不是的。我從以前就知道祥太郎少爺是個了不起的人。我做丁稚和手代的時候，老實說都有一些事令我難以忍受。不過在那種時候，少爺的臉就會浮現在

18 長及臀部的和服外套。

我眼前。少爺並沒有輸給疾病，一直努力生活著。四肢健全的我怎麼能不奮發努力呢？」

我大吃一驚，差點喘不過氣來。原來他是這樣看待我的，先前我完全不曉得。

「我出身鄉下，為了工作初到江戶時真的很不習慣這裡的生活，一直冒出悲慘的想法。就只有少爺願意親近那樣的鄉下人，而且還是區區一個丁稚。您明明是這種氣派大店的少爺，卻完全不會表現出高高在上的模樣。我是打從心底感謝少爺您啊。」

話說完，那個人湊到我被窩的旁邊，如同很久以前那個寒冷冬日一樣輕握住我的手。

「——變大了呢。您也長高了許多。您的病一定很快就會好了。」

「你又不是大夫，怎麼會知道呢？」

「我比大夫還常看著少爺。您一定會好起來的，很快就會好了。到時候，少爺就會成為瀨戶屋的少老闆了。」

「那種事……就算作夢或空想也不可能成真啊。」

「沒那回事喔。我都知情呀。少爺私底下一直在研究瀨戶燒和學打算盤呀。」我不禁低下頭去。沒錯，我確實偷偷在學習做生意和商品的相關知識。但那不是因為我想成為少老闆，而是我想要更了解那個人一點，是基於這種邪念。那個人卻誤解成他希望的那樣了。

我害羞起來，感覺自己的臉變熱了。

「少爺？怎麼了？您不舒服嗎？」

「沒有……可能是有點累了。」

「可不能讓您累到。我也真蠢呢，一時樂昏頭就在大半夜闖進來了。來，請休息吧。我來熄掉行燈。」

話說完，那個人用抱我背似的姿勢扶我躺進被窩。

（啊……）

他幫我把搔卷[19]重新蓋好的時候，魁梧的身軀就橫在我上方，那瞬間，我的

19 和服狀、有袖子的一種棉被。

眼底除了那個人之外什麼也容不下。

——啊，我好想立刻死去。真希望在這世上看到的最後一個畫面，是它。

我差點就說出口了。兄長。我的哥哥。專屬於我的。別動，就那樣別動。拜託。再一下就好……

我敢發誓，我從來不曾有「想和那個人修成正果」的念頭。我連作夢時都不會想那麼狂妄、那麼淫亂的事。我只希望這狀況可以永遠持續下去，希望那個人一直當瀨戶屋的番頭，偶爾來到這房間，這樣就夠了。他要是能把我當成弟弟看待，我就毫無懸念了。我沒有更多奢望。我的心願，真的只有這樣。

番頭的工作，是實際執掌店務。那個人愈來愈忙，我也愈來愈少見到他了。雖然如此，我還是感到幸福。因為我就算靜靜待在房間，關於那個人的好評還是會從四面八方傳來。

不過有一天，我興起了無論如何都想見那個人一面的念頭，在天還沒亮一大早便悄悄溜出房間，進入店內。因為我知道，他總是會比所有人都還要早起做清潔工作，這從丁稚時期開始就不曾改變。

其實，我幾乎不曾進到店內。因為父親總是會對我說：你這樣搖搖晃晃走路，要是撞破貴重商品就糟了，不要過來。

冰涼空氣中，傳來柔和的布料摩擦聲，沙沙。定睛一看，原來是那個人正在用絹布撢子清除架上茶碗的灰塵。

「六兵衛先生……」

「哇！什麼啊，原來是少爺啊。嚇了我一跳呢，您在這種地方做什麼呢？」

「呃……我沒有睡意。」

這是藉口。不過那個人什麼也沒說，拿出坐墊，我便坐上去，默默盯著看他工作的背影。明明身材壯碩，舉手投足卻一點也不粗魯，簡直像在跳舞。此刻，這世上只有我看著他的背影。他雖然人人歡迎，但有許多只有我見過、只有我知曉的面貌……光是這麼想，我的胸口便開始發熱，簡直能把早晨的寒意驅走。

「您已經是一名稱職的番頭了，清掃工作給別人不就好了嗎？」

「老爺也這樣對我說，但我的身體已經完全習慣了。大清早要是不先來看看瀨戶燒的臉，就沒有起床的感覺啊。」

他邊說邊笑，不停擦拭架子或茶碗。此時是一大清早，他卻連半個呵欠都沒打，仔細擦亮那些他應該已經看到膩的盤子或茶碗。我們家的瀨戶燒真幸福，我心想。從高價品到便宜貨，他全都看遍、摸遍了，都是他憐愛的對象。

「最近我們店有什麼東西賣得好呢？」

我沒多想，隨口問他。只要有話題就好，聊什麼都行。我只是想和那個人說話。那個人完全不知道我存的歹念，笑嘻嘻地從貨架取下兩個茶碗。

「最近流行這樣的夫婦對碗喔。大的給丈夫用，小的給妻子用。兩個一組。」

「夫婦……」

我在那時察覺了一件可怕的事。六兵衛先生總有一天也會成家，會娶某處的女人為妻。他已經成為番頭了，所以不用一直住在我們家，可以在外頭獨立門戶。六兵衛先生如果開口請求，父親一定會二話不說地答應他，並幫他找房子吧。婚禮也會辦得很盛大吧。豈止如此，他甚至可以使用瀨戶屋的名義獨立出去開店。他可以不當瀨戶屋的番頭，改當自家店鋪的店主。只要他有那個意思。

「不要……！」

我不要那樣。我感覺像是被推進冷水池中，全身變得冰冷，邊發抖邊逃離現場。我無視背後傳來的那個人的聲音，回房間蓋起棉被哭泣。不會是永遠。那個人，原來不會永遠待在這個家啊。

那之後的好一陣子，我真的關在房間足不出戶，不見任何人。我對那個人的戀慕若變得更強烈，也只是徒增難過罷了。下次再見到他的臉，我肯定會難堪地趴頭痛哭，那個人看見我那模樣肯定會嚇到吧。因為他可能完成沒有注意到我微小但歪斜的心意。

那個人就算走到紙門前面，我也會趕他回去，說不想見他。乾脆讓他討厭我吧。這樣一來，我的內心會比較輕鬆。我希望他在紙門另一頭臭罵我，說我是早該去死的怪胎。不過我的這些心願，一個都沒實現。

「少爺。」

溫柔的聲音從紙門另一頭傳來。

「少爺，您的身體很難受吧？如果有我幫得上忙的地方請儘管開口，我什麼事都願意為您做。只要是能讓少爺恢復精神的事……」

我好想從被窩裡跳起來，大喊：哪裡都別去。請一直待在我家。發誓你一輩子都要當瀨戶屋的六兵衛。把我當成你的弟弟。讓我稱呼你兄長。讓我當你的弟弟，到死那天……

日子一天天過去，我痛苦得猶如身在地獄。他今天搞不好發現可以迎娶為妻的女人了。他明天也許會離開這裡開自己的店。我每天每天都在想那一類的事情，想到快發瘋了。

我吃得少，身形憔悴，愈來愈常臥床，卻不知為何還是死不了。就算緊擁著裝有南天竹枝的盒子，向天許願說「我再也不想醒來了」，隔天還是會迎來早晨。

就在某一天，我心不在焉地聽女傭在紙門另一頭的走廊上閒聊。一如往常。思念那個人是如此痛苦的事，但別人說起他的傳聞時，我的耳朵還是會像貓那樣豎起，捕捉話語。

「——然後啊，聽說六兵衛先生工作真的快忙不過來了，於是找來親戚，雇他當手代呢。」

「這樣啊。那，那個手代是不是總有一天會成為我們的番頭啊？」

「聽說六兵衛先生打定主意了，死也要做瀨戶屋的鬼喔。這麼一來，他應該就不會獨立門戶，而是會穩坐大番頭的位子吧？」

「真是那樣就好了。好男人要是不在了，就沒在這工作的價值了呀。」

嘩，我的心情像霧氣消散般好了起來。我蹣跚起身，拉開紙門問女傭們：「妳們說的是真的嗎？」女傭們的表情像撞鬼似的，不過她們回答：此話當真，那個人確實說過他不打算辭掉這裡的番頭工作。

我彷彿死後復生。那個人會一直待在瀨戶屋，一直待在我家。會以我家番頭的身分生活在我身邊。怎麼會有如此令人開心的事情呢？好險沒去死。不如一死了之，真是愚蠢的想法。

當晚，我久違地得以熟睡。明天醒來之後，一切的一切肯定都會好轉的。我的病也許真的會好。我當時的心情就是好到這種地步。

不過您也知道吧。我的願望，總是不曾實現。

隔天傍晚，那個人來到了我的房間。帶著一個二十歲左右的陌生男子。

「祥太郎少爺，這傢伙是我的外甥七藏。先前讓他在大阪那邊做丁稚，不過今天起會在瀨戶屋做手代。來，打聲招呼吧。」

「是，小的叫七藏。少爺，還請多指教！」

自稱七藏的男人發出氣勢十足的聲音，幾乎令我耳鳴，並向我鞠躬。他有點像那個人又沒那麼像，膚色黝黑，瞪著一對大眼睛，充滿孩子氣。傻笑著，神情像隻笨狗。我只看了七藏一眼就對他升起徹底的厭惡之情。也許是種不好的預感吧。

然而，七藏在店頭開始當手代之後，我立刻耳聞了各種傳言。據說，他很擅長上方一帶的進貨，舌燦蓮花又很幽默，逗笑一個個上門者，轉眼間就增加了許多常客。跟那個人誠懇做事的態度天差地遠，手法很沒品。那種手代不適合在瀨戶屋工作。不過身為番頭的那個人既然認可他，我就沒有置喙的餘地。我的心情變得很浮躁、難受。

就這樣，不太能和那個人碰面的日子再度展開了。瀨戶屋擴大生意規模，甚至增建了屋舍，如今已成為這一代數一數二的大商行。這一切都是那個人的功勞。我的兄長。他忙呀忙的，在夜裡肯定也很難好好睡上一覺。病人還擔心別人的身體狀況，根本是在大發豪語，但我還是不禁為他祈禱：願他每天都安康。

至於七藏，想到他也幫那個人做了不少工作，我就漸漸沒那麼介意了。只要那個人能稍微減輕負擔，他要雇猴子還是鵺[20]都無妨。

不過，每到夜晚，就會有不同於病痛的痛苦襲向我的胸口。那個人是不是已經遺忘我了？我對店裡生意一點貢獻也沒有，他會不會已經忘記我這種人的長相了？我覺得自己不該那麼想，但那些念頭還是會閃過腦海。只要那個人偶爾來看看我，我就會滿足了。我沒騙人。我沒騙人。那真的是我唯一的心願。

我的心願，從來不曾實現。

即使到了現在，回想起那天發生的事還是會令我心痛至極，彷彿胸口要塌陷了。要是我能重回那天，我只會做一件事。拿火筷刺進自己的耳朵。如此一來就不會聽到那些話了。什麼都沒聽到的話，事情就不會演變成這樣了。神明啊，佛

20　傳說中的妖怪，《平家物語》描述為猴臉、狸軀、虎肢、蛇尾。

祖啊，為何要給我這麼虛弱的身體，卻讓我的耳朵如此敏銳，連那麼遠的低語都聽得見呢？我時不時會覺得自己像是玩具。神佛踢、滾、扔著玩的，為了被戲弄而存在的玩具。這話很不敬吧？但我不在乎了。我已經祈禱一輩子，也受到一輩子份的處罰了。

總之，我聽到了。在盛夏中，幾乎教人熱昏過去的那一天。關店後外頭依舊明亮的季節。庭院傳來灑水的聲音。

有人在用長柄勺灑水。我以為是女傭或丁稚，結果聽到男人的聲音。是七藏。嗓音感覺很歡快，熱切地說話說個不停。有人出聲回應。是那個人。他們兩個在庭院裡灑水乘涼。他們知道我就在另一頭，只隔著一塊門板，卻沒邀我。

我緊握棉被，努力想將那嗓音、聲響趕出腦海。是啊，我很努力不去聽。我並非無禮之人。我不是想聽他們說話才聽到的。我並不想聽。那個字，我根本一點也不想聽到。可是。

「哥！」

他邊笑邊說，咬字清楚。我都聽到了。我聽到七藏如此呼喚那個人。也聽那個人回應了，彷彿七藏叫得理所當然。

已經是晚膳時間了嗎？時間轉眼間就流逝了……但我沒有食慾。時刻、季節、一切的一切我都失去掌握了。如今，我無從得知啊。因為您雖親切……卻不能告訴我任何事情啊。沒關係的。您像這樣聽我說話，已幫我解了不少悶。

我說到哪了……啊，對了，那天的事。

我在那天晚上作了一個怪夢。對，是夢喔，不是實際碰到這件事。畢竟我那時狀況極差，根本無法從地上起身。因此那是夢。不過是夢。夢是很自由的吧。不管作了多美的夢、多駭人的夢，不管夢到什麼都無所謂。

在夢中，我人在房間內。站在地上，俯瞰棉被。四周一片黑暗。但不可思議的是，我的眼睛看得見。在被窩裡熟睡、呼吸深沉者，是七藏。

老實說，我很憎恨七藏。是呀，這點沒錯。因為他可是在那個人身邊工作，稱那個人哥哥的人呀。那些事原本應該要由我來做的吧。我的身體如果健康一點，那些就屬於我了啊。身為瀨戶屋少老闆，我可以跟著位居番頭的那個人實習，然後偷偷地，稱他為兄長。我們可以披著內襯相同的羽織。工作順利完成後一起去買烤地瓜，並肩行走，然後天南地北閒聊。就我們兩個。兩個人一起。那原本應該是屬於我的生涯。沒能走向那人生，是因為我放棄了。病就是病。我對它束手無策。然而，我無法容許一個下流的鄉巴佬攫走我原本能得手的事物。那是偷竊啊。欸，我說得沒錯吧？應該要由我稱呼那個人兄長才對。那是只屬於我的祕密。那個男人卻大剌剌地在光天化日之下，炫耀感情似地發出下流的呼喚。喚那個人……我的兄長……

沒什麼，不要緊的，別叫人過來。我只是稍微咳了幾聲啊……讓我喝水，喝水就會好了……呵呵。請看呀，這手指。幾乎成為骸骨了。就算這樣我也還不會死，看來對佛祖而言，玩弄我是頗有趣之事吧？

剛剛說到哪了……對，夢。在夢中。我作了一個夢。那是夢。不會錯的。畢竟我無法穩踩榻榻米，還站得那麼挺，兩手也無法妥善地使勁，掐住七藏的脖子。

哎呀，你的臉色滿蒼白的呢。我是在說夢裡的事啊。那是夢，不是實際發生的事……證據是，隔天以及隔天的隔天，七藏都活跳跳的。我每天每天都會作一樣的夢，但那只是夢。

入睡後，我便會站在七藏的房間內。這囂張的傢伙竟然獲賜自己的房間，還蓋上好的棉被就寢。那個人還在當手代的時候過的是更加苦上加苦的生活，不會這麼早就休息，還睡出那種洋相。他比誰都晚睡、早起，埋首於經商這回事。這種男人，不可能配得上那個人。不可能成為那個人的弟弟。要是這個男人沒出現就好了。要是他沒有那麼強健的身體就好了。要是我擁有那個身體就好了。如此一來所有事情，一切的一切，就會走向圓滿了。

我的心願，從來不曾實現。

所以啊，我起碼在夢中能為所欲為。就只是這樣罷了。反覆地，一再地，每天每天掐死七藏。那是在夢中才辦得到的事。因為我的心願只會在夢中實現。這種程度的事是可被允許的吧？應該要允許才對。因為那只是夢呀。作夢若有罪，也太蠢了。我沒做錯什麼。我只是在作夢。

呵呵，你嚇個半死呢。不要緊，我完全不怨恨你。對你只有感謝之情。因為你會像這樣聽我說話啊。

每晚作的夢稍微舒緩了我的心情。親手降伏憎恨的對象。這會讓內心快活起來，你懂吧？對，只要能讓內心快活就行了。

不過有一天，父親突然來到我的房間。帶著那個人，還有七藏。

「是他沒錯吧？」

父親指著我的臉，簡直像是在指一個完全不認識的陌生人。七藏（比我印象中瘦了不少，臉色蒼白）的額頭冒出黏汗，不發一語地點點頭。那個人……展現出我至今曾未見過的冷淡面向，毫無表情。我立刻就明白發生什麼事了。然而，那成為了我最後一次看見的，那個人的面貌。

據說我開始作夢的時期，七藏也作了夢。夢到我前去他房間，用可怕怪力掐他的脖子。第一個晚上，他只覺得是個奇怪的夢，不過它每天持續——持續天數跟我作夢天數相同，最後他的身體也垮了。儘管如此，他也沒說自己因為作夢才感到不適，這種事他說不出口。據說是那個人問他話，他才招了出來。

他說每天晚上，不對，最近大白天都會發生：祥太郎少爺的幻影會來到他跟前，試圖殺害他。

他們讓父親和我獨處，父親對我嚴加逼問：為什麼要恨毫無罪過的七藏呢？我隨口胡謅：我本來應該會繼承家業的，七藏卻比我還受重用，我很不甘心。我還說，他跟我同年紀，所以我很嫉妒他。我瞎扯的逼真度連我自己都嚇了一跳，邊說甚至還邊流淚。

父親愣住，但完全信了我的話，然後說：「那麼，我請六兵衛和七藏獨立門戶，去經營瀨戶屋之外的店吧。那兩個人不會再和瀨戶屋的生意扯上邊了。這麼一來，你就不需要再怨恨他了。」

聽到這麼過分的安排，我大笑出聲。我搞不好是有生以來第一次笑成那樣。我笑呀笑個沒完，回望俯瞰我的父親的臉，看他那不快的表情。他一定覺得我腦袋壞了吧？

我說過了吧？我的心願從來不曾實現。

如父親所說，那個人後來和七藏一起辭去瀨戶屋的工作，不只離開靈岸島，也拋下江戶，遠走到大阪做生意。他已經遙遠到我再怎麼豎耳傾聽都聽不到他的聲音了。那溫柔的眼神再也不會望向我，那溫暖的大手再也不會觸碰我了。兄長……我的兄長。只屬於我的兄長。

而我如你所見，過著一成不變的生活。嗯，不過房間加鎖成了私家牢房，除了你這個啞巴以外沒人會來照顧我這點，倒是跟以往不同。

嗯，我還在作夢喔。每晚作著一樣的夢。雖然已經相隔大老遠了，不知七藏是不是也還作著一樣的夢呢？對。只是夢……只是夢。

In the Cup of Tea——茶碗中

那個學生是從何時開始進出我的研究室呢？我怎麼想都想不起事情的開端，時間就這麼來到了秋天。

他大多在傍晚前來，不過每次看起來都像是剛洗好澡或剛剪過頭髮，造型俐落。嗯，不過以前那種亂髮破帽的粗野學生也已經好幾十年不見了啊。這所大學聚集的並非良家子女，不過男男女女都像寵物店小貓一樣美美的。

「老師，這是伴手禮。」

那一天，他又從門縫探出頭來了，手上提著一個小紙袋，細瘦的身體穿著潔白無垢的襯衫和開襟毛衣。

「伴手禮？你出遠門了嗎？」

嗯，差不多啦，他一面如此回覆，一面倒寶特瓶水到電熱水壺裡開始燒水，把別人房間當成自己家。

「雖然只是茶啦。」

打開袋子，裡頭是有點時尚的包裝，似乎是紅茶茶包。不知道是在哪買的。

他總是一個人過來。我沒看過他跟其他學生說話。瓜子臉五官工整，看起來像這年頭的「潮男」，待人態度也很親切，難道沒有朋友或戀人嗎？

「你是哪裡人啊？」

「怎麼啦？太突然了吧。」

「我只是想說，你是不是返鄉一趟？」

「並不是啊，我只是出了一趟遠門啦。」

電熱水壺吐出熱氣。他從架上取走一個茶碗，那是某人跟食堂借的。注入熱水，端到我這裡來。

「你不喝嗎？」我將他給我的茶包放到熱水中，看著赤褐色的霧靄散開，同時對他說。

「是的，因為我不渴。」

結果他還是沒說自己是哪裡人，我一邊啜飲熱紅茶一面心想。我問他私人問題時，他總是會這樣轉移焦點。還是說，這種不吐露真心話的態度，在這年頭的人們眼中顯得很帥氣？我不能把學生夾去吃。然而，我對他的來訪一點也不抗拒。不，老實說，我有點期待。

我再喝一口紅茶。味道沒什麼值得一提的。我突然和他四目相接。

有個形容叫「彷彿出自油罐」，而他的姿色隱約帶著一種滑嫩感，令人覺得那說法真的是很貼切。如果有人說他出身梨園演員名門或是藝妓的兒子，我也會直接相信。既然有這麼英挺的容貌，想追求他的女學生應該會源源不絕吧？他到底為何要成天跑到這瀰漫灰塵味的房間來？樂趣何在？

「對了，我讀完了喔，《文藝左右》。我覺得〈未完文學的永恆夜晚〉很有趣，那篇沒要發展成連載嗎？」

「要看收到的評價呀。哎，只是賺賺零用錢啦。那種東西，學生做個功課也寫得出來。」

「是嗎？至少我就寫不出來喔。無法寫成那種調調。」

竟然說「那種調調」啊。他說話偶爾會摻雜這種略跩的語氣，聽了會不太爽，不過呢，頂著搖曳的劉海和了然於心的表情大放厥詞的模樣，莫名地有型。當美男子真賺啊。

「不過，沒完結的小說比我想的還多呢。我不知道的書也很多。」

「你會讀小說這種東西嗎？」

「你以為不讀的人會跑來這種地方？」

「近來都是那種人啊。」

呵呵，他發出嘆息般的笑聲。鳳眼瞇得像線一樣細，然後歪著頭，別有深意似地望著我。他偶爾會投來這種眼神。他想表達什麼呢？那挑釁的眼神彷彿在說：你來解讀看看啊。

「那，我差不多該告辭了。」

「什麼啊，只是帶茶過來啊？」

「是的，再會了。」

他最後轉頭瞄了我一眼，彷彿再次確認了什麼，接著走出房間。

「……」

我懷著遭到狐狸愚弄的心情，啜飲已開始變冷的茶。這時，我發現桌角放著稍早並不在那的東西，很像是一份文件。

迴紋針固定的文件上貼著水藍色便籤，上頭寫著「請讀看看」，筆跡並沒有特異之處。我翻開紙張，得知內容似乎是小說。沒有署名，但八成是他寫的吧？

這樣啊。我感到有些掃興。原來他也是多如牛毛的「有志成為作家」的學生之一嗎？這些俗輩渴望在就學期間華麗地在文壇出道，好拿學分或逃避找工作這件事。不過，有寫出作品還算好的了。這類人大多連一行小說都沒寫過，卻會抬頭挺胸地逼近過來：「我想成為作家，請介紹編輯給我。」真是可怕極了。以直書印著文字的紙只有幾張，似乎是極短篇。我開始閱讀了。

天和三年一月四日，位於本鄉白山的茶屋熱鬧極了，盛況空前。因為有一票表情肅穆的武士擠在狹窄的店內。他們是中川佐渡守與其家臣一行人，正在新年拜會的途中，此刻讓身體虛弱的主君在茶屋內小憩。

當中有個叫關內的年輕人突然感受到強烈的口渴，自行倒了滿滿一大碗茶。就在他準備將茶捧到嘴邊時，突然瞪大眼睛。

茶碗裡的澄澈水面，映照的不是他自己的臉。

關內驚訝地回望，但背後只有牆壁。

他眨眨眼，再度望進茶碗內，結果那張臉還在。由劉海來判斷，對方應該是很年輕的武士，卻有一張嬌柔的面貌，頗有少女風範。那張臉美得像一幅畫，卻又活生生的，像是有生命一般地黏附在那。

關內對這奇怪的幻影感到困惑，把茶潑到地上，仔細檢查了茶碗一番。臉孔消失了，茶碗空空如也，沒有映照出任何事物。關內歪了歪頭，再度倒茶進去，結果那張臉又出現了。而且這次展露出嬌媚的笑容。

「真玄呀。」

關內不禁低語。茶碗中的臉彷彿在回應他似的，淡櫻花色的嘴唇綻放出更為豔麗的微笑。然而關內連眉毛都沒挑半下。

「不管你是何方神聖，我都不會容你算計我的啊。」

話說完，他一口氣乾了那杯茶，連那張臉一起吞下肚。

當晚，關內在中川宅邸內值夜，獨自坐在寬敞的房間內凝望紙門。旁邊的托盤擺著大土瓶和茶碗。

那是宅邸的女傭預先幫他準備的茶。若是平常，他會趁茶冷之前喝個一杯，但白天的事令他很在意，提不起勁。自己喝下的那張臉，到底是不是幽靈或妖怪那類的東西呢？一這麼想，他便覺得肚子附近悶悶的。

關內不管回想幾次，都對那張臉沒有印象。到底是打哪來的人？為何要出現在他的茶碗中？他愈想愈為那來歷不明的東西心煩意亂，接著他火大起來，一不做二不休將茶碗抓過來，倒茶進去。就在他準備往裡頭望的時候。

他察覺到房間角落站著一個男人。

「你這傢伙。」

關內拋開茶碗，手握武士刀。那個男人是個年輕武士，穿著壽衣般一層又一層的白色和服。不用仔細看他立刻就知道了：對方的臉正是茶碗中的那張臉。

「可疑之人，你是誰？」

在半拔刀的關內面前，男人連忙跪坐到榻榻米上，不吵不鬧，恭敬地磕頭。舉止儀態看起來就像出身良家，彬彬有禮，若不是在這種關頭，關內也許會認為對方是條好漢。

「小的是式部平內……關內大人，您對我沒有印象嗎？」

他的聲音低沉宏亮，看起來跟容貌很不搭。而他的臉完完全全就是白天自己喝下的那張，關內看了不禁背脊發涼。

「沒印象。我才想知道你是怎麼進到宅邸來的？你要是答了不該答的話，我可會砍你。」

他丹田使力瞪視那男子。不過男子毫無懼色，苦惱地蹙起秀眉，用隱約懷恨的眼神瞅他。

「您是要說，您不認得我了嗎？」

「我對你的臉和名字一點印象也沒有。快，回答我。你是怎麼進來這裡的？」

關內立單邊膝蓋而坐，以隨時都能閃刀光斬人的姿態逼問男子，男子卻沒畏怯，維持跪坐的姿勢一點一點前進，抬眼看上方的關內。

「您真是冷淡。事到如今還說對我沒有印象嗎？今天早上，關內大人對我……對我做了無恥至極的事不是嗎？」

白如紙的男人的臉頰，慢慢滲出了紅暈。他輕咬下唇，露出羞怯的表情，手突然伸進袖口碰觸關內的肚子附近，令他感到一涼。

「你做什麼！」

關內出掌推開男人，對方的身體像垮了一般倒臥在榻榻米上。下襬岔開，散亂地露出光滑感不輸絹布足袋的小腿。關內不禁屏息，不過男人看了以後，略帶嘲諷地笑了。

「關內大人，我會怨恨您喔。明明接納過我一次，卻這樣對待我。我因為仰慕您才像這樣偷溜進來的，這下您害我蒙羞了呀。」

「我完全聽不懂你在說什麼。這是我主君的宅邸。你要是再給我添麻煩，我真的會斬殺你。」

關內起身，刀子終於唰地出鞘了。男人目睹曖曖放光的刀刃，眼角驟然上吊。

「您鐵了心不認我呀？好，我明白了。您既然有此打算，之後就要有所覺悟喔。」

男人說完搖搖晃晃地起身。關內這次總算下定決心，賞了他一刀，然而男人像病木之葉那般翩然閃開，接著融化似地消失到紙門另一頭。關內連忙拉開紙門往外看，結果那裡並沒有男人身影，連後髮都沒見著。

聽聞關內通報後，中川家的家臣全都大吃一驚。男人闖入的那一晚，不論是正門或後門的守衛都沒有看見任何人影，也沒有人聽過式部平內這名號。

事情發生在隔天晚上。關內回到自家，和雙親一同休息，結果下人前來叫他，說有陌生客人上門。關內心裡冒出不太好的預感，持刀來到玄關，那裡果然有三個佩刀男子排排站，瞪著關內。

「夜裡前來叨擾，失禮了。我們叫松岡平藏、土橋文藏，以及岡村平六。這是關內大人府上沒錯吧？」

「正是，而敝人正是關內。請問有何貴幹？」

「我們都是式部平內的家臣。」

關內大驚，左腳後挪半步，擺出架式。

「我們主人昨晚拜訪您的時候，您對他吐出冷血無情的言語，甚至還想斬殺他。那麼廉潔純真的大人，為了實現心願才忍辱拜訪您，您卻採取極為無理的態度，煞風景至極。昨夜過後，主人臥病在床，無比消沉，模樣變得跟幽鬼般悽慘——」

關內沒把話聽完便拔刀了。他蹬木頭地板躍向土間，以橫掃之飾出刀砍向三名武士的側腹。然後，他們的身影就如同昨晚的式部平內，溶解於夜風中似地消散了，然後

文章在此中斷。

我感到納悶。紙上還有空白處，故事卻顯然中斷結束了。莫名其妙的小說。時代劇這點很令人意外，嗯，助詞使用還算正確，但可能是為了配合故事場景硬是使用拘謹的語氣吧，導致文章生澀，也出現很多陳腐的表達方式，整體給人的印象很模糊。莫名血腥，還隱約散發出男色氣息，但也僅止於此。快結尾的地方出現的家臣也令人摸不透。為何要連他們的名字都報出來，而且還一次讓三個人

登場呢？故事還會持續下去，使這個安排發揮作用嗎？

我將紙張放到桌上，拿起裝紅茶的茶碗。

「啊。」

我差點把碗摔到地上。

因為那紅色的水面映著一張臉。他的臉。

「老師。」

我眼前數公尺之外傳來聲音。我不用抬頭也知道是誰發出來的。我捧茶碗的手開始發抖了。房間門是牢牢關上的。

「老師立刻就讀了呢。如何？」

嗓音逼近了，沒發出半點腳步聲。

「這是……未完作品吧。對吧？」

「這個嘛，難說呢。」

茶碗中的他的臉笑了。那是我至今未曾見過的，猥褻到令人發毛的笑容。我無法抬頭，視線離不開茶碗中的他。

「如果故事就那樣結束的話，您覺得如何呢？」

冰冷如蛇的手，觸碰我的臉頰，纏上我的脖子。我突然想起小時候有一次，我獨自在街上漫無目的遊走，尋求陌生的道路，一再、一再轉彎。我深信不疑：只要轉彎，新的道路肯定就會出現。

然而我最後一次轉彎時，轉角前方突然沒路了。取而代之的是牆壁嗎？一片空地嗎？斷崖絕壁嗎？我又是如何從那裡回到家的？我都想不起來了。茶碗中的他緩緩閉上眼，張開薄唇，稍稍抬起下巴，彷彿在央求一個吻，突然間我的肺像是被壓扁了我無法呼吸然後

後記

王谷晶（本書作者）

小泉八雲，即拉夫卡迪奧．赫恩（Patrick Lafcadio Hearn），是「再話文學」的名家。再話文學，簡單說就是「配合現代（訴說者所生的年代）的感覺和用語重述民間故事或傳說」的文學。而赫恩的代表作《怪談》，便是在妻子節子的幫助下，重述日本各地流傳的民間故事而寫成的小說集。

用阿宅的用詞形容，就是用類似二次創作的手法、心思寫成的文學。這樣一說，感覺突然變得親近了！而本書便是再進一步將那些故事重述為ＢＬ故事。

據說，赫恩作為文筆家的職涯起點是當報紙記者時。採訪事件、整理相關人物或背景的情報，組合成能夠吸引讀者興趣的讀物，這樣的工作內容已經和再話文學的手法很相近了，想來真是有趣。赫恩後來在世界各地旅行，不只寫報導或遊記，也寫了好幾篇原創小說。最終他以「重寫庶民之間流傳的民間故事或傳說」這種再話手法為主軸，編寫了好幾個故事。

赫恩的再話，有內容幾乎跟原典相同的，也有變得不太一樣的。大綱就算相同，登場人物的性格、行動都會有點變化，或者他會將故事改編成後設小說式的結構，加上大量的花招，下種種工夫來讓現代（赫恩生活的時代）讀者閱讀，尤其針對那些不熟悉日本文化的歐美讀者。

赫恩對原本故事加加減減、做出變更的部分，我查資料時做了一些確認。比方說，本書也拿來當作題材的〈茶碗中〉。這原本是收錄在《新著聞集》這本說話集（民間傳說故事）當中，相當明確地描寫成「男男感情糾葛的故事」。年輕武士的臉出現在茶碗中，是因為他強烈愛慕著關內，結果對方卻很冷淡地對待他。家臣為了大受打擊的主君前來詰問關內，說一些「不許玩弄我家少爺的純情」之類的話。赫恩版刪除了年輕武士對關內的思慕，戀愛元素一點也不剩，改寫成更陰森的超自然怪異譚。因此我寫本書時決定把男男戀愛元素、怪奇元素、赫恩版的後設元素全都放進故事中。

本書收錄的再再話，有部分大幅改編原作，知道原哏的人讀到那些段落可能會感到訝異。這是因為原版許多故事都只有短短數頁，也因為左右社告知我，在不大幅變動故事大綱的前提下，我可以把原作改編得更接近ＢＬ。於是我就讓ＢＬ引擎全速運轉了。在此容我僭越地提起，本系列上一集《古事記》的作者海貓澤Melon在解說文寫道：「就算犯錯也要轉譯成ＢＬ，寫出有趣的故事。」這也是我的目標。因此如果有哪些部分讓您感到「這頗為偏離原典咧」，希望您能將它們視為ＢＬ引擎的排氣聲。（我到底在說啥啊。）

順帶一提，本書動筆前我曾提問：「改編，可以到什麼程度呢？容許界線在哪？」結果出版社回答：「嗯——到男性懷孕生產為止都行。」這個「為止」的範圍真寬廣啊。哎，ＢＬ真的是很自由很棒呢！

抱歉，接下來又要提到更久遠的事。出版社邀請我將《怪談》做ＢＬ轉譯時，我腦海中浮現的是國高中時代的自己。那是距今幾十年前，ＢＬ一詞還未誕生，網路也還不普及的時代。當時的Yaoi愛好者都很飢渴，尤其是那些住鄉下、身邊連書店都沒幾家的貧窮Yaoi少女。因此只要是名字有「耽美」、「少年愛」「JUNE」的作品，我們都會一本一本吞下去，跟自己的興趣合不合都無所謂。只要聽說有那種調調（男×男）的場面會出現，管它是哲學書還是男性向官能小說，我們全都會生吞活剝，從學校教科書到圖書館的書，我們全部一翻再翻，拚命想從各種讀物中領略「男人之間的戀愛」。連那樣都不夠的話，我們會在腦海中把男女戀愛故事轉換成男男版，藉此舒緩飢餓。

如今時代改變了，在書店或在網路上，你都可以找到自己喜歡的ＢＬ，要多少有多少。太棒了，這是天堂。就算你有「純情bitch巨乳肌肉上班族受的柏拉圖式戀愛」這種複雜的嗜好，只要有毅力地尋找，就會有作品能夠滿足你。在過去，男人之間的戀愛被稱為「禁忌之愛」，大家會在這類作品愛好者背後指指點點，說他們變態、骯髒、丟臉，那樣的時代感覺也差不多成為過去式了。我覺得這真的是太好了。ＢＬ是我的人生支柱，真的不是在開玩笑，ＢＬ是我的棟梁。從事ＢＬ相關工作一直都是我的夢想。因此，我使盡全力寫了這樣的一本書，如果存在於當時，自己一定會讀得很開心的書，藉此供奉自己過去無比飢渴的ＢＬ魂。如果同樣喜歡ＢＬ的大家，還有喜歡古典文學的大家也能讀得開心的話就太好了。

最後，我要在此鄭重感謝中村明日美子老師，老師為本書畫了超棒的封面插畫。責編告訴我「中村老師答應要畫」的時候，我激動到爆，自己都覺得超不妙的……（又叫又跳。）中村老師是ＢＬ文化的代表性作者之一，也是我個人極為欣賞的作者，能由她來替自己的書畫封面插畫，我真是上輩子燒了好香。感謝她畫出幽玄又美麗的「雪」。

參考文獻

書籍

● 《怪談・奇談》拉夫卡迪奧・赫恩／田代三千稔　譯／角川文庫／一九五六年
● 《KWAIDAN: stories and studies of strange things" Lafcadio Hearn, TUTTLE Publishing, 1971
● 《新編　日本の面影》拉夫卡迪奧・赫恩／池田雅之譯／角川ソフィア文庫／二〇〇〇年
● 《新編　日本の怪談》拉夫卡迪奧・赫恩／池田雅之譯／角川ソフィア文庫／二〇〇五年
● 《怪談》拉夫卡迪奧・赫恩／南條竹則 譯／光文社古典新譯文庫／二〇一八年
● 《大江戶商売はなしー庶民の生活と商いの知恵》興津要／PHP文庫／一九九年
● 《江戶の色道―古川柳から覗く男色の世界》渡　信一郎／新潮選書／二〇一三年
● 《百万都市江戶の生活》北原進／角川ソフィア文庫／二〇一四年
● 《小泉八雲ー日本をみつめる西洋の眼差し　ちくま評伝シリーズ〈ポルトレ〉》筑

摩書房編輯部／筑摩書房／二〇一五年

論文

- 〈ラフカディオ・ハーン『茶碗の中』について〉牧野陽子／成城大學經濟研究所（一二一／一〇三）／一九八八年
- 〈青木鷺水「絵の婦人に契」とラフカディオ・ハーン「衝立の乙女」〉森田直子／比較文學（四二）／二〇〇〇年
- 〈江戸期大商家の奉公人管理の実態〉田畑和彦／静岡産業大学国際情報学部研究紀要（三）／二〇〇一年
- 〈「和解」における再話の方法：ラフカディオ・ハーンが望んだ不夫婦愛の姿〉門田守／奈良教育大学紀要　人文・社会科学　五四（一）／二〇〇五年
- 〈江戸期商家奉公人を勤勉へと駆り立てる制度的要因：家業の永続性へのこだわり〉田畑和彦／静岡産業大学国際情報学部研究紀要（一五）／二〇一三年

電影

- 《怪談》小林正樹導演／東寶／一九六五年

國家圖書館出版品預行編目資料

BL怪談・奇談／王谷晶著；小泉八雲原作；
黃鴻硯譯. -- 初版. -- 臺北市：麥田出版：英
屬蓋曼群島商家庭傳媒股份有限公司城邦分
公司發行, 2025.09
面；　公分
ISBN 978-626-310-925-4（平裝）

861.57　　114007915

BL KOTEN SELSCTION 3 KAIDAN&KIDAN
Copyright © Akira Outani, Lafcadio Hearn 2019
Illustration Copyright © Asumiko Nakamura 2019
Asumiko Nakamura
All rights reserved.
Originally published in Japan in 2019 by
Sayusha Co., Ltd., Tokyo
Traditional Chinese translation rights arranged
with Sayusha Co., Ltd., Tokyo
through Keio Cultural Enterprise Co., Ltd.,
New Taipei City.

城邦讀書花園
www.cite.com.tw

ISBN 978-626-310-925-4（平裝）
電子書 978-626-310-924-7（EPUB）
版權所有・翻印必究
Printed in Taiwan
本書如有缺頁、破損、倒裝，請寄回更換

日本暢銷小說114

BL怪談・奇談

BL古典セレクション3 怪談 奇談

作者｜王谷晶
原作｜小泉八雲
譯者｜黃鴻硯
插畫｜中村明日美子
封面設計｜高偉哲
排版｜陳瑜安
主編｜徐凡
責任編輯｜林奕慈

國際版權｜吳玲緯　楊靜
行銷｜闕志勳　吳宇軒　余一霞
業務｜李再星　陳美燕　李振東
總經理｜巫維珍
編輯總監｜劉麗真
事業群總經理｜謝至平
發行人｜何飛鵬
出版｜麥田出版
台北市南港區昆陽街16號4樓
電話：886-2-2500-0888　傳真：886-2-2500-1951
發行｜英屬蓋曼群島商家庭傳媒股份有限公司城邦分公司
台北市南港區昆陽街16號8樓
客服專線：02-25001990；02-25001991
24小時傳真專線：02-25001990；02-25001991
服務時間：週一至週五上午09:30-12:00；下午13:30-17:00
劃撥帳號：19863813　戶名：書虫股份有限公司
讀者服務信箱：service@readingclub.com.tw
城邦網址：http://www.cite.com.tw
香港發行所｜城邦（香港）出版集團有限公司
香港九龍土瓜灣土瓜灣道86號順聯工業大廈6樓A室
電話：852-25086231　傳真：852-25789337
電子信箱：hkcite@biznetvigator.com
馬新發行所｜城邦（馬新）出版集團
Cite（M）Sdn. Bhd.（458372U）
41, Jalan Radin Anum, Bandar Baru Seri Petaling,
57000 Kuala Lumpur, Malaysia.
電話：+6(03)-90563833　傳真：+6(03)-90576622
電子信箱：services@cite.my

印刷｜漾格科技股份有限公司
初版｜2025年9月
定價｜380元